Lida i en värld av stillhet

Hanan Sabah Ryberg

Lida i en värld av stillhet
En novellsamling

Illustration: Bara Ebba
Omslag: Anton Sabah Ryberg

Förlag och tryck: BoD
Första utgåva

ISBN: 978-91-7463-822-6

Särskilt tack till min Anton för all uppmuntran och inspiration.

I staden där inga människor bor kvar. Bland ruinerna av forna hus. Där går jag. Nedrivna byggnader. Övergivna bilar. Vildvuxna växter. Där går jag. Dimman omsluter de öde parkerna, dammen och resterna av det som en gång varit gator och torg. Tiden står still här. Livet har slutat att leva och vinden att blåsa. Endast de eviga dimmolnen och kusliga skuggorna i det dämpade ljuset som hopplöst försöker tränga sig igenom det tjocka molntäcket är vid liv. Och fasader. Fasader som står ståtligt upp med tusentals ord inristade på dess yta. Ord som människor som levde här har skrivit. Berättelser. Deras berättelser om tiden de levde i. Om staden som en gång fanns. Minnen. Och här vandrar jag längst vägarna, bland alla minnena, omgiven av en envis dimma och jag har inget annat att göra än att läsa berättelserna. Att läsa och återge så att de och människorna bakom ska få ett evigt liv.

Mitt namn är Lida och dessa är inte mina berättelser!

1

Mina fötter vandrar likt en evighetsmaskin utan slutdestination. Jag går i tystnad som en snäll flicka och väntar såsom jag alltid gör. Osynlig och ohörbar går jag i väntan på att få syn på min slutstation. Jag vandrar förbi gröna åkrar med små förfallna hus. Jag passerar skogar med täta träd. De håller samman så tätt att inget solljus lyckas tränga sig igenom. Svartheten i skogarna är likt färgen i mina ögon.

Praktfulla träd reser sig upp från marken med stolthet. Stammarna är tjocka och förvridna som om de haft en våldsam dans med vinden. Kronorna sträcker sig upp mot himlen och vill vidröra den. Ibland gör de det också. Träden växer sig uppåt obehindrat. Kilometer efter kilometer breder de ut sig. Utan människoväldet är skogen härskaren på den nya planeten.

Då och då hör jag ett ljud eka ut genom stillheten. Då och då ser jag en skymt av silhuetter som rör sig hastigt bland träden. Mer sällan får jag möta ett par eller flera små runda och tyst stirrande ögon. Då inser jag att jag trots allt inte är ensam i min rädsla. Jag är inte den enda som gömmer sig bakom skuggorna. Det ger mig styrkan att fortsätta min ändlösa färd.

Döende eldar

Det enda levande som finns i mitt hem är de tända stearinljusen. Dansande flammor i mörkret som sträcker ut sig så långt ögat kan se och så djupt själen kan nå. De dansar till ljudet av mina plågade hjärtslag och ansträngda andedrag. Jag delar syret i den unkna luften med en levande eld. Snart kommer det att ta slut och endast en av oss kommer att suga i sig de sista små helt osynliga, helt omärkbara små men ändå livsviktiga partiklarna. Ibland kippar jag efter dem, men oftast önskar jag kunna stänga ute dessa små delar som håller min kropp igång. Och elden också. De håller den igång. Undrar om elden, som jag tände utan att den ens bett om det, också söker mod att påskynda tiden och släcka sig själv. Om den väntar på en vild vind som blåser ut den. Eller kommer den att vänta tills livet runnit ur den, och därefter försvinna i en grå rök som om den aldrig har existerat? Som om den aldrig osjälviskt gett mig värme och tillbringat mitt liv en smula ljus? Som om vi aldrig delat samma luft?

Jag ser hur mörkret tätnar runt elden. Det kapitulerar inte. Mörkret gör sällan det. Det behöver ingen luft. Behöver ingen sömn eller vila. Alltid vaket och uppmärksamt. Missar inte någon gång chansen att smyga in tillsammans med sorgen, sveket, förtvivlan och ibland ondskan som människan i ett ögonblick av svaghet välkomnar in i sitt liv. Ovetande om den ofantliga mängden smärta mörkret orsakar och därefter livnär sig på.

Lågorna gör en sista stum dans för att sedan stå stilla väntandes på slutet. Snart har deras tid runnit ut. Snart möter de modigt ett öde som hinner ifatt oss alla vart vi än flyr, döden! Snart dör det sista levande i mitt hem bort!

En kall luft omringar mig, och med försiktiga steg kommer den närmare och närmare. Är döden kall? Jag har alltid föreställt mig den som ett monster av evigt glödande eldstungor. Kolmörka urgröpningar till ögon och munnen som kan sluka en hel människa i en enda tugga. Ingen lie eller svart cape. Den behöver inget redskap för att kunna dräpa, och inte heller vill den dölja sin mäktiga figur för de döende. Den har tröstande armar som en mammas kram till ett sorgset barn, och utan dem skulle själen gå sönder. Den skulle aldrig överleva döden. Den är kanske inte så hemsk rakt igenom. Den är öm och godsint. Ja! Jag behöver inte vara rädd.

Elden slocknar och kvar återstår en svarthet utan like. Den kalla luften smeker min torra hud. Kryper under skinnet och saktar ner mitt hjärta. Kylan får luften i mina lungor att frysa så att det gör ont att andas. Jag andas saktare och tar in mindre luft. Mina hjärnceller fryser en efter en för att förvandla min hjärna till en isbit. Först förlorar jag känseln i mina lemmar. Sedan försvinner trycket i bröstet. Därefter det tungt dunkande hjärtat. Till sist försvinner mina farhågor och jag är beredd att ta emot den slutliga trösten jag blir erbjuden.

En rysning sprider sig längst ryggraden och vidare till resten av min kropp när jag läser denna berättelse. Ansikten från förr hemsöker mitt minne och tvingar fram en tung suck. Emellertid är det fel tajming att bli känslomässig, så jag bestämmer mig att vandra vidare till en säker plats innan dunkeltimmarna anländer.

Jag hoppar enfota från en bräcklig betongbalk till nästa längst det som är kvar av vad som har varit ett järnvägsspår. Rosten har lyckats skapa hål i de grova stålrälsarna. De har fått en genomgående rödbrun färg som även lämnat sin nyans på sliprarna. När ena benet tröttnar och börjar ge vika för mina skutt byter jag till det andra benet och tar mig studsande framåt. Flera järnvägsspår går parallellt med varandra. Ibland förgrenar de sig, svänger eller slås ihop med andra spår. Jag är förtrogen mitt spår. Svänger när det svänger och fortsätter fram dit det leder mig. En gång i tiden, har jag fått höra, körde stora metallmonster på dessa spår som var byggda för just det syftet. Att hjälpa tåg förflytta sig framåt mellan städer och länder. Ibland även mellan olika kontinenter. Jag skulle vilja åka tåg. Bara vila benen, blunda en sekund och förlita mig på att någon annan ska hitta rätt väg åt mig. Men det gör jag inte. Idag är jag den enda jag kan förlita mig på.

Som tur är hittar jag ganska snart ett rum i en övergiven och för övrigt sliten byggnad, som fortfarande har dörren, taket och alla väggarna kvar. I rummet finns även en dammig soffa, en fyrkantig svart apparat och en hylla full med böcker. Perfekt. Jag går in och stänger igen dörren bakom mig. Några trasiga möbler använder jag för att blockera den.

Mitt ryggbagage lägger jag ner på golvet och känner hur axlarna knakar och sedan slappnar av. Jag står mitt i rummet och tittar runt. Den fyrkantiga apparaten måste vara en TV. De gamla i byn jag kommer ifrån brukade berätta om hur det var när de var unga. De kunde sitta i flera timmar framför en tv-apparat och titta på film, serier och lyssna på musik. Med hjälp av en teknik, som jag inte förstår mig på, kunde man spara ljud och bild på små runda skivor för att sedan sätta in skivorna i avsedda anordningar och lyssna eller titta hur mycket som helst. Även om den här apparaten hade haft full kapacitet att fungera hade jag ändå inte kunnat utnyttja den för min underhållning. Elektricitet, det som gjorde att jorden lyste under flera decennier produceras inte längre. Inte heller batterier tillverkas numera. Jag har dock sparat några som jag använder sparsamt till ficklampan under min resa.

En uppslagen bok med handskrivna bokstäver drar till sig min uppmärksamhet. Jag sätter mig på det dammiga golvet och lyfter upp den. Boken är prydd med vinrött läderband med inristade krusiduller. Vid en mer noggrann betraktelse upptäcker jag att mönstret föreställer små blommor som omringas av snirklar. När jag bläddrar i den nyser jag några gånger av dammet. Snart vänjer sig min näsa vid det och jag slutar nysa. Pappren har gulnat och bläcket smetats ut i vissa sidor och gjort texten oläsbar. Boken verkar vara en slags dagbok skriven av en tjej som måste varit relativt ung när katastrofen kom. På första sidan står hennes namn och ett årtal. Mona Edwin 2034. Jag slår upp en sida som börjar med rubriken "Hemligheter" och börjar läsa.

Hemligheter

Vi är alla hos min storasyster. Alla fyra systrarna sitter på soffan och lyssnar till regnet som smattrar mot fönsterrutorna. Vi har chips- och popkornskålar. På tv:n visas en film som ingen av oss skänker någon större uppmärksamhet. Vi sysslar med något roligare. Äldsta systern ska visa sina färdigheter i spåkonst. Mellansystern börjar. Efter henne är lillasyster på hugget och vill se en glimt av sin framtid. Sedan är det min tur. Jag tar den enorma ordboken och håller den hårt mellan handflatorna. Man ska säga sitt namn, sin mammas namn och slutligen önska sig något. Det avslöjar man inte, utan det ska sägas endast inne i tankarna. Det ska tänkas helt enkelt. Jag gör det och slår upp en slumpmässig sida i boken. Där, inte i orden utan mellan dem, kommer min framtid att uppenbara sig.

I samma sekund som jag räcker min syster boken känner jag en iskall hand dra sina fingrar längts ryggraden. Vad har du gjort? viskar en röst i mitt huvud. Hon kan visst även läsa ut saker som är aktuella och saker som har hänt. Det är inte framtiden som gör mig rädd. Tänk om hon kan läsa mitt förflutna? Tänk om jag har slagit upp sidan om mitt liv? Jag ångrar mig. Jag mår illa. Vill dra mig ur leken. Vill försvinna. Riva sönder hela boken. Sudda bort orden. Kasta om bokstäverna. Få dem att säga något annat. Säga att jag mår bra. Att livet går som en dans på rosor. Visa den ljusa sidan och låta den mörka vila en stund i skuggan av mig. Jag vill gå ännu längre. Ingripa i verkligheten. Revidera den. Forma om mitt liv och börja om på nytt.

Hon börjar prata om saker som för mig känns ofarliga. Lugnet infinner sig igen. Hon säger att jag har en hemlighet. Mitt hjärta slår ett extra slag. Hon säger att den är för tung att bära själv. Ett extra andetag. Hon säger att det är något som jag gör eller har gjort. Hon säger att det är något som skrämmer mig. Att jag är rädd att bli avslöjad. Jag sväljer. Munnen är torr och det skaver i halsen. Alla ögon är riktade mot mig och väntar i tystnad på ett svar. En bekräftelse om det som har sagts. Vad har du gjort? viskar rösten igen. Jag vill inte gripas av panik. Det är bara att förneka, men den är för stor för att förneka, den hemligheten. Jag låtsas leta i tankarna efter en hemlighet som skulle kunna vara den hon menar. Rynka ögonbrynen och himla med ögonen. Låtsas att jag inte kan hitta den hemligheten. Blickarna riktas åter mot min syster och hon går vidare med något annat.

Jag vet att de vet. Och de vet att jag vet att de vet. Men där sitter vi och ingen säger ett ord. Systrar av samma kött och blod. Sitter tillsammans i samma rum. Andas samma luft och lyssnar på samma regndroppar. Vi vill säga samma sak och vi blundar alla för den samma. Vi sitter där och låtsas att jag mår bra. Att livet går som en dans på rosor. Jag visar den ljusa sidan och det är den de väljer att se.

Varför frågar de inte? Är de rädda? Vad är de rädda för i så fall? Sanningen? Den är kanske för tuff för dem att hantera. Något kommer kanske gå sönder om sanningen kommer fram. Kanske de. Kanske jag. Är de rädda för en konfrontation? Det är väl jag som borde vara rädd för det, vilket jag också är. Eller har jag kanske inbillat mig allting? De har inte den blekaste aning. Anar ingenting. Inte ens i närheten. De tror att jag mår bra. Att livet för mig är som en dans på rosor. Och min ljusa sida tror de verkligen på.

De vet ingenting, och jag har inte gjort någonting.

Mona 16 oktober 2034

3

Undrar vad den här Mona har gjort och vad hon döljer för sina systrar. Undrar om de verkligen vet om det hon talar om. Jag får läsa vidare i hennes dagbok senare. Hon verkar som en intressant person från förr. Jag säger från förr eftersom hon uppenbarligen levde under den tidsåldern. Tiden från förr respektive dunkeltiden. Det är uppdelningen som överlevande från den stora katastrofen har gjort. Tiden från förr slutar år 2034, samma år som jag föddes. Ibland låter det som om de två epokerna har utspelats på två olika planeter. För mig är det fortfarande inte möjligt att föreställa mig en planet där det finns tusentals djurarter, luft att andas över hela planeten, årstider vad det nu innebär och miljarder levande människor. Jag måste dock tro att sådant har funnits på jorden, av den enkla anledningen att jag har känt människor som levde under tiden från förr. De människorna hade många intressanta historier att berätta för barnen om underliga ting och fenomen som de upplevt under sitt tämligen korta liv. De har en gång berättat att människorna som levde i tiden från förr kunde bli över nittio år gamla, och hade de tur kunde de bli till och med hundra år gamla. Idag anses en person ha tur om denna lever över femtio år. Väldigt få blir över sextio. Alla gamla som har erfarit jordens förvandling, och som jag har känt, är döda. Några jag känner och som är väldigt gamla nu har vaga minnen från hur livet var när de var barn under tiden från förr. Ibland vet de däremot inte om det är egna minnen eller om det är bilder de har skapat utifrån alla historier vi hört.

Jag föddes i en tid där tiden hade börjat sakta ner, och i en värld som hade slutat rotera. Året jag föddes var året då den mest chockerande nyheten i människans historia hade börjat sprida sig; jordens rotation runt sin axel hade börjat sakta ner. Aldrig tidigare hade mänskligheten åskådat något liknande. Detta scenario fanns inte bland de andra om jordens undergång. Det var för bisarrt att föreställa sig, för omöjligt att inträffa.

Tillsammans med katastrofen spred sig kaos och panik. Ordningsmakterna som polis och militärer, och även politiker, försökte hålla ihop ordningen i städerna. Miljörättsaktivister skyllde på avgaser, giftiga dumpningar och skövlingen av skogarna. Medan vetenskapsmännen grävde ner huvudet i sanden och stod där utan svar, gick religiösa ledare ut med budskapet att katastrofen berodde på Guds ilska över den syndiga människans leverne. Det fanns för mycket synd att jorden inte orkade bära upp allting själv. Domedagen var nära, och den också efter några få år. Om det som hände var domedagen eller en naturkatastrof utöver det vanliga, vet jag än idag inte. Men ingenting förblev sig likt därefter.

Det har blivit dags att göra det bekvämt för mig i soffan och elda några böcker. Jag kommer behöva allting som går att bränna upp för att få värme. Dunkeldagarna är inte bara mörka, utan de är kalla också. En fördel med rummet jag befinner mig i är att det saknar fönster, för då har kylan färre vägar att smita in. Min tändvätska börjar ta slut. Inte ens en kvarts flaska har jag kvar så jag borde vara sparsam. Det är svårt att hitta tändvätska eller annat underlättande att frambringa eld med. Flaskan jag har fick jag sno från byns lager när jag gav mig iväg. Jag gör en eld med hjälp av torra trädkvistar, tändvätska, ett par böcker och mitt elddon som består av en kvarts och ett eldstål. Kiselhalten i kvartsen skapar en duglig gnista att elda med när det kolrika eldstålet gnids intensivt mot stenen. "Som en stenåldersmänniska" brukade min far säga. Elden sprider sin värme i rummet och kastar sitt ljus på väggarna.

På sidoytan bakom soffan finner jag en berättelse. Jag flyttar bort soffan och märker att berättelsen löper hela vägen ner till golvet. Handstilen är inte samma som i dagboken. Jag antar att fler människor har bott här och det kan vara någon annan än Mona som hade skrivlust. Förväntansfullt börjar jag läsa.

Dödens Alfapet

Jorden ligger där i en hög vid gropen som hungrar efter att få fyllas i. Den är fuktig som om även den har gråtit, men det är nattens hysteriska regn som vägrar att torka upp liksom tårarna på sörjande Moahs kinder. Mer regn och åska kommer det säkert att komma även idag. Det är en sådan grå och vindstilla dag. Allting har stannat upp för att sörja den oerhörda förlusten. Luften är kall och fuktig. Den sipprar igenom kläder, hud och kött och får varje ben i kroppen att darra.

Moah känner hur det svider i ögonen med varje blinkning och förbannar Philip som fick henne att glömma sina solglasögon när hon behöver dem som mest för att dölja sina gråtröda ögon. De har inte varit torra en hel dag sedan den tragiska händelsen. Hon försökte inte ens kämpa emot när tårarna var på väg. Om hon inte skulle gråta ögonen av sig för detta, vad är annars värt att gråta för? Hennes man Philip å sin sida har haft andra uppfattningar. Inte gråta, inte visa svaghet och inte sörja. Moah har förstått att hans hjärna har på ett manipulativt sätt övertalat honom att om han håller sig till de tre enkla reglerna så skulle tillvaron bli lättare att befinna sig i. Ibland har han till och med gjort försök att få Moah att följa hans linje.

De hade bråkat, igen, denna mörka dag i deras liv! Den här gången också av samma anledning som de senaste gångerna. Det är Philips teorier, galenskap, attityd och statistik som går Moah på nerverna. En människa, en själ kan inte vara en siffra i statistiken. Namn spelar ingen roll. Bokstäver är bläck på papper, redskap för att skapa ord, för att kommunicera. Han är inte förmögen att handskas med verkligheten, och hans fru är inte förmögen att handskas med honom just nu. Hon känner att de är på väg mot förfall och det går lika fort som hennes turbobil. Bilarna och racingen är några av få intressen som hon fortfarande engagerar sig i. Med ett barn och befordran på jobbet är det svårt att stjäla tid till annat. Många gånger har hon och närmaste vännerna tyckt att gaturace inte går hand i hand med rollen som biträdande vice direktör för en av landets ledande hotellkedjor. Inte heller rollen som ansvarsfull mor passar ihop med rollen som äventyrslysten och fartgalen bilförare. Men i hennes värld finns inga motsättningar. I hennes värld är det inga roller hon spelar, utan hon är bara den hon är med alla olika nyanser. Mer komplicerat än så är det inte.

Philip däremot är komplicerad. Han vill inte acceptera döden som en enkel del av livet. Det finns ingen logik eller större plan bakom den. Det enda som döden döljer bakom sig är tårar, sorg och smärta. Enligt Moah gömmer hennes man sig bakom skrivbordet för att fly vardagen som annars innebär att han måste konfronteras med den svidande verkligheten varje vaken sekund. I grund och botten kan hon förstå hans plåga. Hon lider ju minst lika mycket själv. Samtidigt är hon rädd att när hon inte orkar mer och behöver en axel att luta sitt huvud mot så kommer inte Philips kunna bära den tyngden. Hon har ändå mött döden tidigare i sitt liv när hon var femton år. En stroke tog då hennes far ifrån henne. Efter sig hade han lämnat det som kom att bli Moahs första bil samt startskottet för hennes intresse. Pappans bortgång har härdat henne. När hon tänker på att det är Philips första möte med döden knyter det sig i magen på henne. Alla deras bråk, alla gånger hon har skrikit åt honom utan att visa förståelse för hans skörhet.

Inte idag! Idag tycker hon inte synd om sin uppgivne make. Ilskan bubblar upp. Att han låter henne åka hit utan honom, utan hans stöd. Ensam, övergiven och uppriven. Det har hon varit sedan det mest fruktansvärda drabbade deras familj. Han tror att han är den enda som känner sorg. Det stämmer emellanåt inte riktigt. Moah känner också sorg, bådas familjer gör det och hela sjukhuspersonalen var helt förkrossade över det som hade hänt. Inte bara människorna har ont, utan på liknande sätt alla andra ting. Fåglarna har slutat sjunga sin glada melodi. Blommorna doftar inte ljuvligt längre och de har förlorat sina lysande färger för att intaga sorgens dämpade färger. Solen vägrar dela med sig av sina varma strålar. Allting verkar ha gått i ett evigt ide i väntan på att få tillbaka det som världen har förlorat. Världen befinner sig i oändlig skymning där solen fortsätter att gå ner och ner... ty den som man förlorat en gång aldrig kommer tillbaka.

Gropen i marken gapar efter sitt byte medan några motvilliga personer hissar ner en tjusigt pyntad trälåda. I lådan ligger åttaåriga Katey fridfullt. Katey, pappa Phillips ögonsten, och mamma Moahs käraste ängel. Moahs tårar rinner ner i takt med kistans nedstigning i sin slutstation. Önskan att själv vara den som ligger i en vit kista och lyssnar på de nära och käras snyftningar gör sig allt starkare hos Moah, och för en stund blir hon övertygad om att det är möjligt. Att det är möjligt att byta roller. Om hon bara vågar hoppa ner i graven kommer hon att skänka sitt liv till Katey. Hon samlar sig, tar ett djupt andetag och foten rör sig fram mot graven. Utan förvarning tar en iskall och darrande hand tag i hennes svettfuktiga hand. Philip! Han håller runt sin frus midja hårt medan hon försöker slita sig loss. Med ett dovt rop efter det förlorade barnet faller båda ner till marken. Deras gråt tar till flykt i de svarta molnen med annalkande dunder.

"Tack för att du kom till begravningen trots allt!", säger Moahs ögon när de möter Philips. De ligger på var sin sida i sängen, fortfarande iklädda svart, och tittar på varandra i öronbedövande tystnad. Avståndet mellan dem är långt. De rör inte vid varandra. Deras känslor når inte fram till varandra. Moah vill torka hans tårar, sudda bort det livslösa uttrycket i hans ansikte och sedan krypa ner i Philips famn. Hon vill berätta att Katey kommer snart hem från skolan och fyller upp tomheten som har uppstått mellan dem. Hon vill så mycket, men där ligger hon hjälplös i väntan på att Katey ska hoppa upp i sängen och liva upp tillvaron. Väntan på att Philip ska yttra något, röra en min eller visa minsta tecken på närvaro är outhärdlig. Nattens svarta täcke lägger sig över

världen och gör den till en kuslig plats. Det kusligaste hemma är Philips tankar.

– Jag vill inte förlora dig också, säger Philip.

– Det kommer du att göra om du fortsätter såhär, replikerar Moah bekymrat.

– Jag vill bara skydda dig från…

– Från vaddå?

– Döden!

Det tämligen korta samtalet avslutar deras dag. Moah vänder ryggen till och blundar. I mörkret ser hon dotterns gravsten. En enkel minnesboning där flickans namn, födelsedatum och dödsdatum är inristade. En inristad duva pyntar stenen också. Under det har föräldrarna valt att skriva meningen *Älskad för alltid*. Det ska varken de eller dottern någonsin glömma. Runt graven ligger färggranna blommor och rosor. Gravljusen är fortfarande tända. På sitt mellankoliska sätt är det en vacker syn. Något stör ändå bilden i Moahs huvud. Det är mörkret som omslutar gravplatsen. Ensamheten och kylan. Hon öppnar ögonen på nytt. Tankarna leker en obehaglig lek med hennes känslor. Tänk om Katey vaknar rädd mitt i natten utan någon som tröstar henne? Tänk om hon inte får tillräckligt med luft i kistan? Tänk om hon står vid sängkanten och ropar uppgivet på oss utan att vi hör henne? Den sista tanken får Moah att hastigt resa sig upp och sittande i sängen titta runt i rummet. Philip har fortfarande inte rört en fena. Hans reaktion på Moahs plötsliga rörelse är nästintill omärkbar. Nej, inget barn befinner sig i rummet. Moah måste skynda sig till badrummet. Hon faller huvudstupa på det kalla golvet vid toalettstolen. All dagens kaffe och vatten kommer upp i form av en brunaktig sur sörja. Det gör ont i halsen och svider i hennes ögon.

Frukostbordet är glest dukat. Gamla bullar i en plastpåse har fått en symbiotisk vän i form av grön och hårig mögel. Kaffekopparna är tomma medan det nybryggda kaffet står kvar i kaffekokaren. Det är fortfarande rykande hett och den jordnära essensen fyller upp hela köket. Både Moah och Philip missar dock den inbjudande doften av deras obligatoriska morgonkaffe. Därför att Philip har än en gång uttalat sig om sina teorier. Han har även föreslagit att hon kommer ner till hans arbetskontor där han hade tillbringat många timmar av sin tid de senaste två veckorna. Hon tar emot inviten utan protester om än med en gnutta aversion.

Philips kontor som är beläget i husets källare intill tvättstugan ser inte ut som ett kontor där en företagare kan tänkas sitta och sköta sitt företag. Tidningsurklipp pyntar tre av rummets fyra väggar. Väggen bakom skrivbordet har blivit en form av altare för deras avlidna dotter. Foton, leksaker, en gammal napp, ett par teckningar och den sist inhandlade rödglittriga halsduken som hon aldrig fick chansen att använda. Moah vänder bort blicken snabbt mot tvättstugan. Dörren är öppen. På golvet framför tvättmaskinen står en överfull tvättkorg som är på väg att välta. Klädhögen på golvet ger dock korgen stöd och räddar den från ett fall. Ingen har haft orken att bry sig om att tvätta smutsiga kläder. Den mentala orken har inte funnits till några som helst hushållssysslor. Moah förstår att hennes man inte haft kraften att sköta om sitt företag heller.

Sedan ett par år tillbaka jobbar Philip som sin egen chef genom att driva sitt eget företag. Hans hunger efter nya äventyr skapade ett förlag som coachar unga fantasyskribenter. På ett par år har han lyckats handleda sju ungdomar mot författarskapet, gett ut fyra böcker och korrekturläst ett tiotal manus. Framgången har med andra ord överträffat hans förväntningar. Framgången kommer likväl inte att fortsätta om inte Philip skärper sig. När Philip tar fram sina hundratals utskrivna sidor med statistik och namn begriper Moah att han befinner sig långt bortom landet skärpning.

Moah bläddrar i pappren och lyssnar noga på Philips ivriga och för henne ologiska ord. Döden har en ordning och Philip har gjort en beräkning som listar ut den. Genom att samla dödsstatistik och namnlistor anser han sig ha överrumplat dödens Alfapetspel. Utskrifterna är sorterade i pärmar markerade med ett eller flera efternamn. Philip förklarar att det är familjenamn och i varje pärm har han samlat en enskild familj, bilder som han har kommit över samt noga dokumenterade dödsfall i varje familj. Bestört betraktar Moah makens systematiska arbete. Flera pärmar innehåller information som sträcker ut sig flera generationer tillbaka. Hon ser familjefoton i gråskala. Under ungefär varje person i bilderna har Philip med en röd bläckpenna skrivit ett datum. Han förklarar att det är personernas dödsdatum. *"Det är inte åldern som spelar roll. Det är namnen."*, säger han exalterat över sin egen slutsats. När han inser att han har fångat fruns intresse och hennes totala uppmärksamhet tar han tillfället i akt att närmre redogöra för sin teori.

Alla talar om orättvisa när det gäller döden; den tar alldeles för unga barn, individer som precis startat ett värdigt liv att leva medan andra gamla och sjuka lämnar den i sitt livslånga lidande. Det är för att döden har en egen ordning. Om döden är en reell Lieman med en lista i handen skulle namnen vara rangordnade i alfabetisk ordning. Släktforskningen har visat en viktig brytpunkt. Varje gång två personer bildar en familj förändras listan. Philip tystnar i några sekunder och rullar runt ögonen i rummet. För en stund tror Moah att han har fått syn på kaoset som omringar honom. Han fortsätter sin redogörelse med lika stor inlevelse som om han ser annat än det som finns framför hans ögon. Som om han befinner sig i ett annat universum.

Liemannen har flera listor. Varje gång två personer skapar en familj skapar de samtidigt en ny lista med två namn. Parten vars namn som börjar med en bokstav förekommande tidigast i alfabetet har sitt namn överst på förteckningen. Platserna kan komma att bytas ut när fler individer ansluter till familjen. Ett avslut får en lista när den sista familjemedlemmen har gått bort eller övergått till en annan familj och därmed en ny lista. När han har talat och gestikulerat färdigt frågar han sin ovanligt fåordiga fru om hon hänger med i hans resonemang. *"Är det ens lagligt att kartlägga folks liv såsom du har gjort?"*, är det enda hon lyckas få ut. Han går bort till sitt skrivbord för att ta fram mer material parallellt som han pratar oavbrutet. Moah har inte rört sig ur fläcken.

För att förtydliga sin teori använder Philip den egna familjen som exempel. Senare kommer han att ångra det.

– Ta oss till exempel. Katey dör först i vår familj för att bokstaven K kommer före M och P i alfabetet. Du min kära Moah står näst på tur och vi måste stoppa det!

Moahs puls ökar i hastighet och styrka. Hon känner sig varm i ansiktet. Philips röst skär i hennes öron och hans ord förvandlas till ett öronbedövande surrande. Hon slår foten i golvet med en kraft som får en ilande smärta att sprida sig från hälen och genom vadbenet ända upp till knäet. I frustration och vrede skriker hon ut att han ska sluta upprepade gånger.

– Du nämner inte hennes namn i din galenskap!

Till sitt försvar talar Philip om att all hans forskning, statistik och familjekopplingar bekräftar det han säger. Han har rätt! Moah vet att han inte har rätt. Moah vet att dotterns död gör honom sinnessjuk. Moah vet att hon inte står ut längre och att hon måste bege sig iväg innan hon bryter ut. Hon älskar sin man men hon måste bort ifrån honom. Därför springer hon upp till deras sovrum för att packa ner sina mest nödvändiga tillhörigheter. Därefter tar hon deras gemensamma bil för att köra en fyra timmars lång resa till sin mor.

***

Lukaz har gått i behandling för sitt alkoholmissbruk i åtta månader på dagen. Det har fungerat bra tills denna mörka hösteftermiddag. Han har nämligen tidigare under dagen blivit varslad på sitt jobb på grund av all frånvaro han har haft det senaste året. Korta sjukskrivningar, ibland enstaka dagar, och alla försenade ankomster ligger honom till last när det är omorganisation i sikte. Cheferna hade under en längre period anat att något inte stod rätt till med medelålders Lukaz. Sedan enda dottern flyttat till Australien för kärleken och studierna, har han inte mycket kvar att vara rädd om. Flickans mor och Lukaz tidigare sambo hade han sedan dotterns barndom inte haft någon fungerande kontakt med. Efter sina många vistelser på behandlingshem samt avbrotten av dessa insåg hon att flickebarnets bästa är att inte lära känna sin mor. Insikten att hon hade lyckats överföra sitt destruktiva förhållande till alkoholen till Lukaz hjälpte henne att fatta beslutet om deras barns bästa. Där stod en ung karl med en bäbis som kom att ta ut honom ur missbruket och forma hans framtid.

Nu vet cheferna med säkerhet att något inte har stått rätt till. Någon måste ha skvallrat. Endast ett fåtal betrodda arbetskollegor kände till hans problematik. De har också varit anledningen till att han sökte hjälp och börjat få ordning på livet för mer än ett halvår sedan. De är också anledningen till att han kommer att bli uppsagd. En av dem har i alla fall inte varit så pålitlig som den personen hade gett sken av. Han vet inte vem. Han bryr sig inte längre om vem eller varför av den enkla anledningen att han vet hur missbruket kommer att jaga honom resten av livet.

Idag har han följaktligen druckit första droppen på flera månader. Hänryckningen som första glaset fick honom att känna sporrade honom att dricka nästa glas och nästa. Först när en fjärdedel av spritflaskan återstod begrep han att detta är ett återfall. Ett bakslag eller snedsteg. Det spelar ingen roll vad han kallade flaskan, för att oavsett benämningen har den flaskan försatt honom i en tilltrasslad situation. Han måste förklara för sin behandlare bakomliggande orsaker till återfallet, bakslaget eller snedsteget. Det skulle inte sluta där. Han skulle bli tvungen att detaljerat beskriva händelseförloppet från triggern som utlöste alkoholsuget fram till tillnyktringen. Ingenting skulle han få utelämna. Alla tankar och känslor måste han skildra för att kunna dra lärdom av det inträffade. Den plågsamma tanken matar hans alkoholbegäran. Han vill ha mer. Vill känna sig… Nej han vill inte känna något alls. Han vill bara försvinna i ett känslolöst tillstånd av mörker och tystnad. För att uppnå det tillståndet behöver han mer av den magiska och åtrådda drycken. Han beger sig ut på ett äventyr tillsammans med sin trogne vän spritflaskan.

Hjärnan fungerar inte särskilt utmärkt. Lukaz inser inte att det är natt och att inga spritsäljande butiker har öppet. Inte många butiker överhuvudtaget har öppet vid den tiden på dygnet. Det har hunnit bli kväll. Det enda han hittar efter en kvarts planlöst irrande är en bensinstation. Han går in med tunga steg. Hans kläder är ovårdade och det stinker om honom. Han välter ner en rad Coca-Colaflaskor när han sträcker sig ut mot en av dem. De få gästerna, en kvinna i trettiofemårsåldern och ett par tonåringar, vänder sig mot honom. Kvinnan visar sitt missnöje med dämpade suckar. Han får trots allt sin flaska och vinglar därefter fram till kassan. Expediten håller sig lugn med föreställningen att fyllot kommer att försvinna när han har betalat sin dricka. Det gör han inte.

Väl framme vid kassan kommer Lukaz underfund med att han saknar pengar. Den unga arbetaren bakom kassadisken förklarar att man måste betala för sina varor, och ångrar sig i samma sekund. Han borde ha låtit det bero, anser han när andra kunder blir involverade i samtalet. Tonåringarna ber Lukaz att gå ut. Han uppfattar dem som hotfulla. Han har aldrig varit en våldsam person men ungdomarnas fniss och glåpord i kombination med berusningen framkallar en sida hos honom som har legat i dvala under en lång tid. Med en kraftig rörelse knuffar han till en av tjejerna. Hon tappar därav balansen och ramlar bakåt. Hon slår ryggen och bakhuvudet i en av godishyllorna. Expediten försvinner in i personalrummet via en ingång bakom kassadisken. Kvinnan som ser hela händelsekedjan bestämmer sig för att ingripa. Hon lägger ifrån sig varorna som hon hade plockat upp från hyllorna och går med snabba steg mot Lukaz och ungdomarna. Hon beordrar honom att lämna dem ifred. Hans uppmärksamhet och ilska riktar sig mot henne istället. Han lyfter upp armen som för att slå en spik med hammare. Hon ser en skymt av ett svagt färgat föremål i hans hand. En glasflaska? Hon hinner inte reagera.

***

Ringsignalen från Philips telefon ekar i det tomma huset. Med förhoppningen att det är hans fru som ringer svarar han skyndsamt. En mansröst genmäler honom. Polismannen beklagar med en mörk och någorlunda hes röst och meddelar att Moah har avlidit. Hon har blivit överfallen.

20

4

Jag hade rätt om att skribenten av den andra historien som har bevarats inom dessa solida murar inte är Mona. Vilken tragisk olycka. Har det hänt på riktigt? Har dessa människor levt på denna skruvade planet, eller är det någon som hade för bred fantasi som ville skriva av sig lite? Kanske ville denna någon lämna spår efter mänskligheten som en gång har existerat? Många frågor och ingen att ge mig svar. Här i min ensamhet har jag ändå ingenting att göra än att undra och filosofera över livet. Över min egen och hela mänsklighetens existens och undergång.

Fem år tog det jorden innan den stod helt stilla. Alltså fem år om man går efter räknesättet från förr, eftersom det första som förändrades när planeten började sakta ner i rotationen var tiden. Dagar, timmar och minuter förlorade sin innebörd. En dag som tidigare hade utgjorts av tjugofyra timmar var efter det första året trettio timmar lång. Med en halvmil långsammare rotation i timmen igångsattes en rad effekter redan dag ett. Navigationssystemen slogs ut och flygplan som är beroende av dem kunde inte hitta landningsbanorna. Trafikkaos i luften och på marken när flera tusen resenärer ersatte flyget med tåg eller annat färdmedel. Allmänheten höll fast vid sina rutiner; åka till arbetet och slita hårt, lämna barnen på dagens och hämta från dagis varje dag, utbilda sig, dejta, bli gravida och föda barn som redan vid födseln var dödsdömda. Antingen förnekade de allvaret i katastrofen eller hoppades de på att det inte skulle bli värre än det var. Men värre blev det.

Två veckor senare fick planetens saktande cirkulation svårigheter att hålla vattnet i haven på plats. Den försvagade centrifugalkraften gjorde att haven strömmade från jordens mitt mot polerna. Samma krafter som hade kontroll över haven, hade även kontroll över atmosfären som följde i vattnets fotspår. Luften blev så tunn i vissa städer att det blev omöjligt att andas. Lufttrycket på marknivån upplevdes som på ett av de högsta bergen. För sin överlevnad blev stora mängder människor tvungna att vandra dit luften hade vandrat; mot polerna. Från polernas håll hotade dock översvämningar till följd av de smältande polarisarna.

Efter endast några månader hade jordens karta förändrats. Flera länder låg under vattnet, medan andra reste sig fram där haven en gång hade funnits. Öar blev delar av fastlandet, och fastlandet slets sönder inifrån och ut. Jordens tre lager som roterade tillsammans hade olika bromsningskrafter och därmed skapade kolossala friktioner lagren emellan. Jordbävningar och vulkaner kunde bryta ut var och när som helst och likaså där det aldrig tidigare hade skett.

Ingen gick säker. Varken djuren eller människorna hade en större chans till överlevnad. De som kunde begav sig dit myndigheterna rekommenderade. Många dog på vägarna. Andra lyckades ta sig fram till säkerheten, men det hade endast gått ett år och planeten verkade vägra återgå till sin normala hastighet.

För att hålla min hjärna aktiv måste jag fortsätta läsa, skriva och grubbla. Gör jag inte det kanske jag blir galen. Jag förlorar kanske förmågan att tänka. Och talet? Kan jag fortfarande tala? Det har gått flera ljus- och mörkerskiftningar sedan jag pratade med en levande varelse. Jag kan försöka uttala något högt för att testa min talförmåga. Vad ska jag säga? Det känns fånigt att tala till intet. Som en tok. Men jag borde kanske ändå prova?

– Hej! säger jag osäkert och känner nästan inte igen min egen röst.

För en sekund väntade jag på ett svar, men det enda jag hörde var tystnaden. Inte ens vinden blåser längre. Den har slutat blåsa på jorden för några år sedan. Jag har vaga minnen från blåsten som lekte taktfullt med mina röda lockar och svängde de mot mina kinder och bara axlar. Den känslan saknar jag, och jag saknar känslan av blött gräs under mina fötter. Jag blundar och ser mig själv springa utan skor i en grön gräsklädd glänta. Jag känner fukten och grässtråna som kittlar mina fötter, och när jag tar in ett djupt andetag kan jag känna doften av naturen sippra in i näsborrarna. Doften av jorden efter ett skyfall, gräset och barren. Min pappa som har fått spring i benen lyfter upp mig till skyn och om jag sträcker ut armen nuddar jag trädkronorna med mina fingertoppar.

Drömma har jag i alla fall förmågan att göra. Lustigt nog kommer jag att tänka på en saga som min pappa brukade berätta för mig innan han gick bort.

Drömvarelsen

– Att ha hela kroppen beväxt med grovt svart långt hår är kanske inget problem om man är en hund. Men är man en man i sina bästa år, kan det föra med sig vissa komplikationer. Därför sökte jag upp Drömvarelsen. Vad skulle ni ha gjort om ni var i mina skor? frågar Tho'iatan med sin härliga stämma som idag låter djupt sorgsen.

Han söker inte deras förståelse eller sympati, men han vill få fram sin syn på saken när han fortfarande kan tala. Och tala kommer han att göra tills hans tunga inte längre orkar mer. Han gör det för de som befinner sig i hans situation, och inte för sin egen skull. Nej, för det är ändå kört för hans del. Han har begått den mest förbjudne av de tre mest förbjudna synderna. Att söka upp Drömvarelsen, att dräpa ett liv samt att utan vidare fattningsförmåga skapa ett liv.

Att tala med Drömvarelsen har högst rankning i listan eftersom förfäderna en gång har upplevt konsekvenserna av att låta henne förverkliga drömmarna. Alla överlevde inte katastrofen men de två som gjorde det var noga med deras syfte i de uråldriga skrifterna. "Levande du som talar med Drömvarelsen får smaka dödens frukt". Budskapet förmedlades till barn genom rysliga sagor, och när de blev äldre förvandlades sagorna till läror de skulle leva efter och förmedla vidare till sina egna barn.

I en svaghetens stund lät han sig frestas av ett liv liknande andra män. Tho'iatan, en ung karl i sina bästa år. En ung karl som på grund av sin kroppsbehåring har blivit byns pajas. Ingen tar honom på allvar, inte ens lägga märke till honom gör folk längre. Det var lättare under barndomsåren. Han var intressant på sitt udda sätt. Han var dock den första av flera barn med samma åkomma som började se dagens ljus när han hade fyllt fem år. Paniken spred sig och de äldre anade en förbannelse i luften. I sitt sökande efter svar fastade dem, höll sig vakna i flera dagar och vandrade till dem dimmiga bergen. Inget svar dök upp, varken i form av en uppenbarelse eller i form av en varelse som kunde tala om för dem vad deras barn hade drabbats av. Gränsen var nådd för byborna när de äldre föreslog blodsspillan.

– Vi är inga barbarer! hade folket protesterat obestridligen. Det bestämdes då att avsluta sökningsuppdraget och acceptera dessa barn som ett av naturens misstag.

Så kom de att ses; naturens misstag och missfoster. Tho'iatan har trots alla motgångar aldrig slutat drömma om ett liv likt de andras. Ha en vacker kvinna. Kunna känna hennes mjuka händer mot hans hud. Smeka hennes läppar. Den kvinnan han drömmer om finns icke enbart i hans fantasi. Hon bor granne med honom och hon är den fagraste av dem alla i byn. Ibland önskar han att han är regndropparna som slirar på hennes hals. Att han är brisen som slinker under hennes kläder och andas in hennes doft. Men hon har aldrig sett mannen som finns bakom håret och som avgudar henne. Han var tvungen att förverkliga sin dröm. Han skulle göra vad som helst för att få henne att se honom, vilket han gjorde också.

– Aldrig något så ansvarslöst! ropar en grov röst från ena kammaren som svar.

Orden förväxlas i rätten och domaren reser sig ilsket. Hon tittar ut mot folksamlingen som har tystnat, talföraren mot Tho'iatan och slutligen kastar hon en blick på den skyldige som står ensam utan förespråkare. Sedan riktar hon blickarna mot en svart himmel som saknar stjärnor och saknar hopp. Domaren Maharan har länge hoppats på att komma undan en sådan rättegång under sin livstid. Hur mycket Tho'iatan kommer att säga och hur många han än övertalar är utfallet detsamma. Det har bestämts för flera eror sedan, och den här rättegången är bara till för synes skull. Han måste dö. I annat fall kommer byn att sväva i ändlös natt tills blodet har torkat i syndarens ådror. Det är priset drömjagarna får betala för att få sina drömmar förverkligade. Drömvarelsen är ingen helig ande. Hon är en dödsfälla och en mörkerbringare.

– Döda mig då! Gör slut på mitt patetiska liv. Den jag älskar över livet självt kan inte förstå mig. Hur kan jag då be er att göra det?

– Att du ens vågar be för ditt liv är en synd i sig! besvarar domaren Maharan honom motvilligt. Instämmande svar hörs över hela byn. Domaren tittar från sitt säte ner på folket. De blir tysta. De få som hade rest sig upp av ilska återfår sin besinning och sätter sig åter ner.

– Det är en tragedi, säger domaren Maharan. Vi ska inte fira och vi ska inte ropa några skällsord. Vi ska inte offra någon för att få frid! fortsätter hon.

Folket förblir tysta och tittar med stora undrande ögon på sin domare. Hon brukar vara vis. Vad är det som har hänt? Hon kan inte låta dem betala för någon annans synd. Nej det tänker hon inte göra. Hon gör tydligt för den oroliga folkmassan vad hon menar; hade inte folket haft sin dystra inställning till hans olikhet, hade det hemska aldrig inträffat. Vidare förklarar hon inte kommer att avkunna domen med någon glädje. Tvärtom är det ett nederlag för hela byn.

– Han ska gå in till döden med egna ben, säger Maharan och tittar på Tho'iatan för första gången under dagen.

Han förstår vad hon menar. Han har läst skrifterna och vet vad som gäller. För att Drömvarelsens förbannelse ska upphöra måste han offra sig själv. Han ska inte dödas, han ska dö.

Det var värt det, tänker han när han kliver in i Drömvarelsens mörka grotta. Till skillnad från förra gången kändes den instängd, fuktig och kall. När hans ögon vant sig vid mörkret ser han Drömvarelsen sittandes med öppen famn vid en damm i väntan på sitt lockbete.

5

Nog med fantasier och drömmar. Ska jag klara av de annalkande dunkeltimmarna behöver jag sova minst hälften av den tiden. Genom sömn kväver jag hungerkänslan och behåller värmen i kroppen längre. Fastän jag inte är säker på att kroppen behåller sin temperatur längre när den sover funkar det för mig. Jag tror att det är någon form av placeboeffekt, och så länge den hjälper mig att överleva har jag inga invändningar mot effekten oavsett källa. Tack vare soffan behöver jag inte ligga på golvet den här gången. Min sovsäck är inte immun mot markens kyla och under min resa har jag flera gånger vaknat av hur min kropp skakat i protest mot kölden. Jag drar soffan till rummets mitt så nära brasan som det går utan att den fattar eld, och använder sovsäcken som ett täcke eftersom jag redan har ett mjukt underlag. Jag tror jag kommer att sova gott, som en drottning.

Jag ligger i min sköna bädd och blundar väntandes på att sömnen ska göra entré. När den inte gör det efter en lång stund öppnar jag ögonen för att titta till brasan. Den lever fortfarande. I taket ser jag skrivna ord. Jag börjar läsa.

När jag känner hjärtslagen

Den här grottan har blivit mitt hem. Jag har varit här så länge jag kan erinra mig. Ibland känns det som om jag har befunnit mig här sedan mitt livs begynnelse. Trots att jag inte riktigt kommer ihåg hur jag hamnade här eller vad som har varit förut så har jag en känsla som säger mig att det finns en annan värld, en annorlunda värld, än den jag förnimmer. Jag vet dessutom att det inte är här jag kommer att tillbringa resten av mitt liv. En vacker dag kommer jag komma ut härifrån, och så länge jag har henne vid min sida rädslas jag inte den dagen. Jag kan inte påstå att jag vet hur hon ser ut eftersom jag aldrig sett henne, men jag vet att hon är min beskyddare. Hon håller sig alltid på avstånd, undanskymd i de mörkaste grottvrårna. Mig gör det inget. Det räcker att jag vet att hon finns där, att känna henne och hennes värme. Då vet jag att hon vakar över mig.

Det är hon som har hjälpt mig rätta mig efter den här ensamma platsens hårda krav. Att leva i vattnet är inget som människor i vanliga fall gör, men jag däremot klarar av det utmärkt. Jag kan både andas utan svårigheter under ytan och livnära mig på det som erbjuds i vattnets rike. Mina ögon ser i det kolsvarta och jag kan urskilja de minsta obekanta ljuden. Tiden slår jag ihjäl med att lyssna på samspelet mellan havets vågor och mina och min beskyddares hjärtslag som skapar magiska melodier. Den klaustrofobiska berghålan verkar vara gränslös där musiken ekar oupphörligen. Fängelset förvandlas till mitt eviga paradis med mjuka väggar att luta mitt huvud emot och njuta av en sagolik sinnesro.

Idag spelas det däremot inte upp någon musik. Allting verkar ha drabbats av disharmoni. Jag hör hennes hysteriska puls, känner hennes fruktan och jag vet att om jag hade kunnat se hennes ansikte, skulle hon ha sett skräckslagen ut. En utomstående kraft vill få mig ut från min lugna grotta. Bort från henne till en värld jag har glömt för evigheter sedan... eller möjligen aldrig varit i överhuvudtaget. Jag vill skrika av rädsla och be henne rädda mig. Men en sak har jag lärt mig, man hörs inte under vattnet. Istället sträcker jag ut min arm i hopp om att få nå henne. Känna hennes hud mot min egen hud kanske för en sista gång. Hon gör detsamma. Jag kan nästan snudda hennes fingertoppar men förgäves!

De onda krafterna är kolossala och i hög grad starkare än mig. Hon kommer att kämpa för mig. Hon måste kämpa för mig! *"Låt dem inte ta mig! Jag vill inte förlora dig!"*, skriker en röst inombords. Hon hör mina tankar. Självklart gör hon det. Min beskyddare är minst lika mäktig som de onda krafterna. I ett försök att befria mig räcker hon mig ett rep som hon lyckas materialisera från intet. Med båda händerna greppar jag repet och

virar det runt min nakna kropp, varv efter varv så hårt för att vara
säker att det inte lossnar. Så hårt att trycket på mitt bröst nästan
krossar mina sköra revben och mosar mina lungor som kippar
efter luft.

Hon ser min smärta, lyssnar på mina ansträngda andetag och
ger ifrån sig ett hopplöst vrål. Under vattnet syns inte tårarna.
Man kan gråta floder utan att någon lägger märke till det. Jag har
emellanåt lärt mig att se, eller snarare känna, hennes tårar. Nu
gråter hon. Det kan inte båda gott. Trots hennes lidande och
hopplöshet ger hon inte upp. Hon brukar den sista styrkan hon
har kvar i kroppen och med alla sina muskler även de allra minsta
försöker hon hålla mig kvar i mitt hem.

Svårare och svårare blir det att andas. Vattnet torkas bort. Jag
får inte tillräckligt med luft och känner mig svimfärdig. Svagheten
sprider sig som en hungrig pest i hela min kropp och tar över
mina sinnen. Utan tvivel kommer jag inte hålla ut länge till. Det
som svider mest är tankarna på hennes sorg. Den som har sett
efter mig hela livet kommer jag att svika på grund av min
ynklighet och ovilja att kämpa mer. Ärligt talat har jag känt att
livet har varit meningslöst den senaste tiden. Jag har velat lämna
grottan och komma ut till den stora världen som finns där ute
någonstans och gapar efter mig. Dock inte på det här plågsamma
sättet. Inte utan henne. Inte överge henne eller bli övergiven av
henne.

Ondskan är för stark för oss två. Så kraftfull att den orsakar
en enorm spricka som bildas i taket på grottan. Djuriska ylanden
utplånar den sista sköna tystnaden. Ljusstrålarna bryter sig in för
att invadera vårt hem. Jag blir bländad och blundar i samma
ögonblick som jag vänder ansiktet bort ifrån det upplysta. När jag
åter öppnar ögonen märker jag att jag svävar i luften. Ondskans
lemmar har lyckats komma åt mig. Jag är helt maktlös, inser jag
nu och det verkar hon också vara. Endast hennes bedjande läten
hörs. Jag försöker få en sista skymt av henne innan mitt liv tar

slut. Olyckligtvis misslyckas jag. Det är för sent och vi har inte ens fått chansen att ta farväl.

Utanför grottan är det ljust något utöver det vanliga. Det gör ont i mina ögon och jag ser ingenting. Det skrämmer mig att vara blind. Hela den här världen förfärar mig. Den är kylig och till skillnad från hur jag hade föreställt mig den så är den inte särskilt inbjudande. Något främmande och ruggigt vilar i atmosfären. Utöver detta är det så torrt att det gör ont i min hud när luften kommer i kontakt med den. Fortfarande panikslagen försöker jag hämta andan. Både av smärta i hela kroppen och rädsla och som protest mot ondskans handling ger jag ifrån mig ett dovt tjut. Sedan ett till högre skrik och sedan brister jag ut i gråt. Det gör oerhört mycket ont i öronen att höra mina egna skrik, men också de andras röster. Så många ljud är jag inte van vid att höra samtidigt. Dessutom saknar jag henne redan och det skär i mitt hjärta att veta att jag har förlorat min enda vän. Utmattningen drar sitt täcke över mig så jag somnar mitt i kaoset.

När jag vaknar känns luften lättare att andas. Inte lika tung som den kändes innan. Mina ögon kan jag tyvärr fortfarande inte se med. Öronen smärtar och resten av kroppen likaså men inte samma intensiva smärta ändå. Jag är på färd någonstans. De onda försöker kommunicera med mig på ett främmande språk. Jag förmår mig inte att förstå deras ord. Mest av allt vill jag veta vad som har hänt min beskyddare. Snart upptäcker jag att jag aldrig har pratat tidigare och det är svårare än jag trodde att det skulle vara. Med henne behövde jag inga ord för att göra mig förstådd. Vi kunde läsa av varandras tankar och känslor. Gråten söker sig ut och jag känner något fuktigt som inte är särskilt varmt men inte heller kallt rinna på mina kinder. Så måste tårar kännas. Jag lär mig snabbt.

Vi kommer fram till ett utrymme annorlunda än resten av den här världen. Det känns tryggt, välkomnande och... bekanta hjärtslag. Jag känner igen doften. Hon tar mig i sin famn och kramar min hand mjukt. Hennes värme sprider sig till mig samtidigt som lyckan jagar bort ängslan och värken i mig. Plötsligt bryr jag mig inte om att jag varken har förmågan att se eller prata. Att jag inte kan förstå det som blir sagt till mig spelar inte heller någon större roll längre. Jag lär mig och jag kommer att anpassa mig så länge hon är här vid min sida. Nu förstår jag att det som har hänt var aldrig ämnat att vara ett slut. Det var övergången till början på mitt verkliga liv. Här!

Kärleken jag känner när hon smeker min kind och pussar min panna säger mig att denna kvinna kommer under alla omständigheter att kämpa för sin lille pojke. Jag är lyckligt lottad över att råka vara den pojken!

6

Min familj var en av alla familjer som sökte en tryggare plats att föda sitt barn i, jag. Min mor hade fått veta om sin graviditet några veckor in i den nya världen. Det fanns ingen tveksamhet om att kämpa för vår familj och behålla mig. Det är vad jag har fått berättat för mig i alla fall. När jag föddes hade de bildat sig en annan uppfattning. Den nya världen var inte längre värd att skänka liv åt. De förutsåg att jag skulle få kämpa för mitt liv, och därför fick jag heta Lida.

Mitt namn är dock inte det viktiga i sammanhanget. Mitt syfte i livet är att förmedla vidare alla dessa skildringar som är skrivna i sten, i trä, i papper eller bara finns som ord i luften.

Jag är för utmattad för att läsa mer även om jag hittar en ny berättelse var jag än tittar, och alla orden gapar efter min uppmärksamhet. Jag måste ändå prioritera att sova. Min sista energi använder jag till att läsa några sidor i Monas dagbok.

Den långa kampen

Där i det svarta rummet står jag vid fönstret och betraktar månens sken. Hur det sprider sig och lyser upp de mörka och öde gatorna. Oförmärkt låter det binda alla människors hjärtan som magi. Det känner inte till några gränser, men olyckligtvis kan det inte smyga in till mitt hjärta. Ljuset bär med sig glädje, hopp och kärlek men mitt hjärta bär hat, sorg och hämndkänslor. Vill hämnas på de som lämnade mig att leva ensam i den här stora världen som inte ens vuxna kan begripa. Hur ska jag då kunna göra det?!

Jag lever ensam, kämpar för livet i en lång kamp som aldrig tar slut. Jag grät, grät och grät och när mina tårar tog slut, grät jag mitt blod! Ingen hörde mig eller ville höra mig. Ingen. Jag lever i en grav. I den begraver jag mina tankar, tårar, ord och själ. Resten av mig är bara en kropp med ett hjärta som slår långsamt. Ett hjärta som väntar på någon. Någon som kommer någon dag och kan se att hjärtat är oskyldigt och att allt jag vill ha är möjligheten att få leva som en människa. En vanlig människa som alla andra som har egna mål och drömmar som jag vill förverkliga.

Jag vill ha svar. Varför fick jag ingen barndom? Varför måste alla glada stunder i mitt liv förvandlas till ett helvete som aldrig släcks? Är det för mycket begärt? Förtjänar jag inte att få veta svaren?

Jag tänker i alla fall inte vara tyst längre! Om jag inte kan berätta så kan jag skriva! Ja, det vill jag göra. Det ska jag göra!

Mona 1 november 2034

Fritt fall

Jag faller ner. Jag faller och faller och det finns ingen människa som tar emot mig. Där finns det ingenting som tar emot mig. Så jag fortsätter att falla.

Kroppen blir tung och jag känner hur livet dras ur mig. Luften tar slut. Fjärilarna i magen förvandlas till kraftsugande små monster. Små varelser som kryper hysteriskt inuti mina fingrar och vill komma ut. De kryper upp till armarna. Snart till hela min kropp. Jag måste kapa av flödet. Måste skapa hinder i deras väg. Bygga upp en mur, eller gräva en grop.

Jag faller fortfarande. Jag gör vad jag måste och blundar länge. Jag faller och faller och sedan träffar jag något hårt. Verkligheten!

Mona 9 november 2034

7

Hur länge har jag sovit? Är det fortfarande mörkt och spöklikt ute? Jag måste ha sovit länge eftersom magen kurrar och kvar av brasan är det endast aska. Mina lemmar är iskalla och jag lägger märke till att jag ligger kvar i samma ställning som när jag gick och lade mig ner. Prioritet ett är elden, och sedan lite mat. När det första är uppklarat plockar jag fram en brödlimpa som jag har lindat in i ett stycke tyg för att det ska hållas saftigt. Inte särskilt framgångsrikt. Det torra brödet klibbar sig fast i halsen och smaken är bitter. Med ett par vattenklunkar smakar maten bättre och är lättare att få ner. Jag minns en historia som jag har läst under min resa. Den handlade om mat den också, ja på sätt och vis.

Cateringfirman

Dagarna är inte sig lika längre. Hösten känns, om möjligt, ännu mer blåsig och mörk. När hon kommer hem är det tomt. Nästan ekande av gamla läten som brukade fylla huset som alltid välkomnade in glädjen under sitt tak. Hon kunde alltid komma tillbaka efter en lång arbetsdag och veta att där fanns någon som väntade på henne. Någon som stod vid dörren och med glittrande ögon smög sig upp i hennes famn så fort denne såg henne. Fluffy var en riktig glädjespridare. Hans muntra jamande, lustiga lekar och hans lena päls. Som hon saknar att känna hans mjuka vita päls mot handflatan. Än idag, två veckor senare, stannar hon vid ytterdörren och lyssnar efter hans små tassande steg när hon kommer hem.

Som vanligt häller Angel upp varmt kaffe i en mugg med Fluffys bild på, och sätter sig vid datorn. Till lunch, eller middag, eller ja dagens enda måltid, har hon en köttfylld baguette som en vän hade köpt till henne. Köttet ser ut som rostbiff och de få salladsbladen är gamla. Hon tar en tugga men orkar inte äta upp resten. Vomeringen kommer fram i samma stund som köttet når hennes tunga. Den doftar inte som vanligt, utan har en sur och nästan metallisk doft. Smaken likaså. Hon springer till badrummet och faller huvudstupa på knäna vid toalettstolen. Allting som hade banat sin väg till hennes mage under dagen kommer upp igen. Med andra ord kaffe och te. Det smakar beskt i munnen. Så beskt att hon får en kräkreflex till och på nytt kämpar för att andas medan magen töms på innehåll. När ingenting finns kvar kommer det upp en sur och gul vätska.

När attacken är över lutar hon sig mot den kalla väggen och bryter ut i gråt. Skuldkänslorna gör sig påminda och det vrider sig i magen. Hon blundar hårt och ser bilder av sin älskade katt spelas upp som på ett bildspel skapat för Fluffys minne. Det vrider sig i magen ytterligare när bilden av det sista hon såg av sin katt dyker upp. En skinande vit hårboll liggande fridfullt vid huvudingången till huset. En boll utan luft. Poliserna hade sagt att de aldrig tidigare hade sett någon flå ett djur så skickligt. Angel var självklart helt hysterisk och hon har fortfarande minnesluckor från den dagen. En sak som hon däremot minns med klarhet var att poliserna hade sagt att de har med en "sjuk jävel" att göra. Hon kan inget annat än att hålla med.

I vardagsrummet ligger köttmackan på skrivbordet vid laptopen. Äcklat tar hon upp den för att kasta bort och går mot köket. Då ser hon något häpnadsväckande skrivet på servetten som medföljde maten. "Katts 'cat'eringfirma". Vilken sjuk djävul kommer ens på tanken att... vilken sjuk djävul? Hon skyndar tillbaka till sin dator och slår upp firmans namn. Hennes fingrar darrar på skrivbordet och ögonen läser frenetiskt texten på skärmen. Just han som hon hade misstänkt som sin katts mördare äger firman. Det är grannen som alltid tittar med avsky på områdets djur, och barn för den delen också. Sedan han flyttade in har det inträffats ett och annat påkört djur på gatorna trots att hastighetsbegränsningen var så låg att man med säkerhet skulle hinna bromsa för ett gatupasserande djur. Ilskan bubblar inom henne. Ögonen spärras upp och i hennes huvud uppmanar en repriserande röst henne att göra något åt saken. "Du måste göra slut på eländet Angel. Du måste hämnas". Under ett fåtal sekunder upprepar sig tanken flera hundra gånger. När hon äntligen lyckas bryta av befallningskedjan befinner hon sig inne i sin tatueringsstudio. Utan att tveka en enda sekund greppar hon tag i sin modernaste tatueringsmaskin och drar ut en låda med skalpeller i. I vanliga fall använder hon dem för att mecka med sina maskiner, eller för en scarification som en modig människa skulle göra. Idag däremot tar hon ett paket i fickan och beger sig ut i blåsten på jakt efter vedergällning. Nu är det adressen till hans bostad som spelas upp i hennes huvud. Hon känner sig mäktig och kapabel till nästan vad som helst. Vad som helst som att döda en människa för att hämnas en katt. Hon förvånar sig över den nyfunna råheten som hon inte visste fanns inom henne.

Väl framme står en man utanför kattmördarens hus. En beväpnad man. Det är han. Hon känner igen honom och kan lukta till sig ondskan som omringar honom. Eller omringar det henne också? Är det sin egen ondska som hon känner? Det spelar ingen roll. Hon är där och nu finns det ingen återvändo. Det återstår bara att samla sitt mod och göra det hon har kommit hit för. Hon viftar hotfullt med en skalpell i luften och skriker högt.

– Det här är ditt fel!

Ett grin som bryter igenom skymningens mörker formas i hans ansikte. Det hånar henne. Sedan säger han något ännu mera hånande än sitt flin.

– Smakade Fluffy gott?

– Vad ska det betyda?

Modet börjar rinna ur Angel. Hon vill inte inse det uppenbara. Med samma lugna och provocerande röst fortsätter han

– Folk verkar gilla kött oavsett var det kommer ifrån. Det skulle du också göra om du slutar tänka.

Hon minns smaken från köttmackan och faller besegrat ner på knäna. Mannen går in till sitt hem och smäller igen ytterdörren bakom sig. Smällen ekar ut i natten tillsammans med Angels kvidanden.

8

Jag måste göra upp mer eld. Brasan håller på att slockna och dess värme kryper längre bort från mig. Elden, vem trodde att en av människans uråldriga uppfinningar skulle vara dennes räddning också? Det mest triviala har blivit det mest basala för överlevnaden. Inte tekniken, framgångar inom medicinen och inte heller alla lagar och institutioner kunde rädda oss. Människan som trodde sig hade trotsat allt, skickat upp skepp till rymden och var ensam härskare över universum. Vårt högmod hade gjort oss sårbara och naiva. Ingenting varar för evigt, inte ens skaparnas mest perfekta skapelse.

Jag är en av få som kan läsa och skriva. Många anser att den förmågan inte bidrar till byns utveckling och fortlevnad, och väljer av den orsaken att fokusera på att lära sig annat praktiskt som att sköta om trädgården, djuren och matbevaringsmetoder. Många lär sig jakt medan andra inriktar sig på växtrikets lära. Mina uppgifter har varit sedan jag lärde mig bemästra skrivkonsten att dokumentera det som andra har fått lära sig; vilka växter är giftiga och vilka är ätbara, framgångsrika metoder att bevaka byn ifrån faror, jaga djur samt hur man håller sig varm under köldtiderna. Jag har även fått dokumentera hur man gör upp eld med illustrerade bilder för de som inte kan läsa, och de flesta får mina texter berättade för sig av någon som är läskunnig. De har blivit läror som sprider sig över generationerna. En värme breder ut sig i min kropp när jag tänker på allt bra jag har bidragit med, men en skrämmande kyla tar över när jag sedan tänker på mitt svek när jag övergav byn och valde att gå min egen väg.

En objuden gäst

Familjens höga skratt dånar i det vittäckta huset. Snön har vräkt ner för tredje dagen i rad denna kalla vinterafton, precis som lille Aron hade önskat sig. I hans värld existerar inte julen utan snö.

Och i hans värld går saker omkring honom såsom porslin och vaser sönder när det inte blir som han vill. Julgranen hade fått smaka på golvet ifjol när han hade otur med mandeln i gröten. Hur mycket han än ville ha den själv och jubla av glädje över det, blev det hans mor som fick lyckomandeln. Då hade Lea, Arons tre år äldre syster, en kanonidé som har tyglat broderns vredesutbrott sedan dess. Att skriva ner en önskning gör den starkare. Att sedan låta önskelappen brinna ner i julens eldstad gör att den dessutom går i uppfyllelse. Förra julen skyndade han att skriva ner de mest angelägna önskningarna med sin krokiga handstil. De små post-it lapparna hade han låtit brinna i familjens öppna spis en i taget och tålmodigt betraktat dem med stora ögon. I år har han haft tid att iordningställa en hög med önskelappar som han gömt undan för föräldrarna i sin ryggsäck med favorit filmkaraktären på.

Aron älskar sin storasyster över allt annat och hennes ord är den enda sanning han känner till, något som hon utnyttjade klyftigt i deras buslekar när de var små. Idag befinner sig Lea i tonåren och föredrar att sitta framför datorn, eller träffa sina kompisar för att prata hemligheter som Aron inte får ta del av. Han däremot som fortfarande inte passerat nioårsåldern känner inte att han har lekt färdigt. Hans försök till närmanden provocerar Lea, men det gör honom ingenting. Ersätter hon sin ende bror med tjejkompisar att smida planer med, får hon ta konsekvenserna av sina val. Hans nya nöje i livet har blivit att reta sin syster och hennes mesiga väninnor. De skriker och hoppar runt när han skrämmer dem med sin nyköpta Smeagol-mask. Flugorna som han brukar fånga och bryta vingarna på för att de inte ska kunna fly är de inte särskilt förtjusta i heller. Utan sina vingar tycker Lea flugorna förvandlas till otympliga svarta klumpar som äcklar henne vid blotta åsynen av hur de desperat försöker röra sig framåt. Åsynen som emellertid ger henne rysningar i hela kroppen är brodern som verkar stolt över sitt arbete med dessa små harmlösa varelser. Ibland har hon anat ett nästintill osynligt leende på hans barnläppar.

När Lea hade tagit upp Arons uppförande med föräldrarna hade de förstående förklarat för henne hur barn experimenterar med diverse märkligheter samt hur utvecklande det är att få göra det. Hon lät en tid passera med övertygelsen att deras föräldrar vet bäst. Det varade tills hon en dag hade sett honom plåga djur på nytt. Den här gången var offret en liten fågelunge som knappt hade fått sina riktiga fjädrar. Aron hade behandlat fågelungen som flugorna och andra insekter hans händer kunde komma över. I sin frustration hade Lea sprungit med tårfyllda ögon till föräldrarna och än en gång krävt av dem att förbjuda lillebror att behandla levande varelser som leksaker. Mindre förstående hade de varit och uttryckt sin oro för att de har fått ännu ett svårkontrollerat barn som dessutom bubblar av hormoner. "En fas" hade de också sagt. Hon undrade bara varför varken hon eller någon annan hon känner hade haft "en fas". De hade då förklarat att alla barn är olika. Hon förstod att det inte gick att driva samtalet vidare och valde att avsluta det där. Hon förstod ett annat faktum också; hur mycket hon än höll sin lillebror kär så var hon rädd för honom. Hon insåg att även deras föräldrar var smått skärrade över Arons temperament.

Idag blir det dock inga bus och inga vassa diskussioner syskonen emellan eller mellan föräldrar och barn. Kring juletider ska man vara snäll annars får man inga julklappar. Både Lea och Aron ser fram emot att öppna sina fint inslagna paket i guldskimrande omslagspapper och därför håller de sig i skinnet. En dag till i alla fall. Storasystern vill motbevisa föräldrarnas påstående att hon är en hormonfylld jobbig tonårstjej. Jobbig har de aldrig påstått om henne, men hon anser att det första påståendet förutsätter att de tänker det andra. Aron vill på sitt vanliga vis underhålla familjen och har därför förberett en pjäs. Trots sitt kryddstarka temperament är han för det mesta en älskvärd och rolig pojke. Skolan och läxorna sköter han bra även om kompisrelationerna till jämnåriga inte är särskilt framgångsrika. Hans intresse riktar sig mot djur, inte människor. Leas bästa väninna hade vid ett tillfälle påpekat att om Arons intresse för människor hade liknat det han har för djur, skulle han ha spärrats in för flera år sedan.

Föräldrarna och Lea har satt sig i soffan i väntan på att Aron ska spela upp sitt teaterstycke. Han lyckas få familjen att brista ut i skratt. Med raska rörelser förflyttar han sig från den ena sidan av rummet till den andra och härmar Smeagols onda och goda röst. Som avslutning ställer han en fråga till publiken.

– Hur fick Smeagol namnet Gollum?

Aron har inte tålamodet att vänta på ett svar.

– För att han lät konstigt när han hade förvandlats, svarar han på sin egen fråga och grymtar som Gollum.

Familjen skrattar. Aron är nöjd med sin insats. Nu vet hans familj också viktiga fakta om hans favoritfilmfigur som råkar vara en manipulativ varelse med personlighetsklyvning.

Brasan i den öppna spisen brinner oavbrutet. I lågan brinner också en hemlighet; en liten papperslapp med den hemliga önskan Aron hade skrivit tidigare under dagen. Klockan har passerat midnatt. Det är julafton. Barnen har gått till sängs, och föräldrarna likaså. Aron är fortfarande vaken och han hör krypande rörelser under sängen. Hans önskan har gått i uppfyllelse. Exalterat böjer han ner överkroppen för att ta en titt. Det dämpade röda ljuset från hans jultomtelampa lyser på ett par överdimensionerat stora ögon. De är klarblå. En blek och knotig gestalt kryper bakåt för att gömma sig. Ett leende formas på Arons läppar. Gestalten förstår att pojken är en vän och vågar sig fram. De båda sätter sig ner på golvet i det svagt belysta rummet och betraktar varandra med stor nyfikenhet. Aron tar första steget till deras samtal som fortlöper i ett par timmar.

– Jag vet vad din syster kommer att få i julklapp, säger Gollum när det blir tyst en stund.

Aron frågar ivrigt vad Lea kommer att få samt hur hans nye vän har fått reda på det.

– Julen är magisk, svarar Gollum.

Aron är inte övertygad. Smeagol ser sig omkring i rummet och får syn på en tomteluva. Han tar på sig den och blåser upp magen för att likna jultomten. Hans bleka färg och gängliga kropp gör det emellertid svårt att likna en överviktig medelålders man med rosiga kinder.

– Sådär! Nu är jag jultomten. Ho ho ho. Är du nöjd?

– Mer än nöjd, svarar Aron med ett kvävt skratt för att inte väcka resten av familjen.

Lyckan är obeskrivlig. Aron har fått sällskap av sin favoritkaraktär, och det inte som en leksak utan som en högst levande person av kött och blod. Kanske mest hud och ben men levande är det centrala i glädjen. Men något saknas för att göra denna jul oförglömlig.

– Vad är det dyrbaraste av allt för Gollum? frågar Smeagol och pekar på sitt finger.

– Ringen! replikerar Aron.

Smeagol lyckas utan vidare ansträngning övertyga Aron att föräldrarna har tänkt ge hans syster Lea en ring i julklapp. Inte vilken ring som helst, utan den värdefullaste ringen av alla ringar. – Jag måste få tag i den om jag ska kunna stanna här, säger han och avger ett hest läte.

– Vi fixar det min vän, säger Aron bestämt.

Försiktigt går de till nedre våningen och sätter sig bredvid julgranen där alla julklapparna vilar under granens skugga. Lågan i eldstaden har slocknat. Den enda ljuskällan i huset är tamburlampan som föräldrarna brukar lämna tänd för barnens skull. Med förhoppningen att hitta en guldglänsande ring börjar de öppna det ena paketet efter det andra. Efter några minuter tänds lampan i vardagsrummet. På trappan står mamma och pappa och tittar undrande på Aron som har blivit arg över avbrottet i sitt sökande.

– Vad sysslar du med? undrar mamman och börjar gå mot sin son som reser sig upp.

Hon stannar och tittar åt det hållet som Aron riktar sin blick mot. Blicken vandrar tillbaka mot henne, sedan mot sin pappa för att till slut landa på systern som också hört oväsen och kommit ner för att ta reda på vad som pågår mitt i natten. Arons ögonbryn är sammandragna och han väntar på någon form av signal från Smeagol. Varelsen försöker göra sig osynlig bakom julgranen. Han snubblar över ett av alla paketen på golvet och landar på ryggen med en duns. Det drar till sig Arons uppmärksamhet. Han vänder sig om för att titta till sin vän. Smeagol meddelar med kort nickning att han är oskadd.

– Är du okej Aron? Nu är det pappas tur att fråga.

– Nej! svarar Aron bittert. Ni vill ge ringen till henne, fortsätter han och pekar med en skakig hand på sin syster.

– Det är inte roligt, talar Lea om och tar ett trappsteg uppåt.

– Det är inte dags för lek. Kom och lägg dig! beordrar hans mor medan hon tar ett par kliv närmare sin son.

Smeagol har kommit upp på benen igen och lyckats få grepp om Arons arm. När mamman är tillräckligt nära svingar han Arons något motvilliga arm mot henne. Det går så fort att Aron inte hinner uppfatta situationen. Handflatan känns fuktig och mamman ser vettskrämd ut. När han tittar ner ser han lod på handen. Djupa sår på mammans hals.

– Vad har du gjort? frågar han och tittar förtvivlat på ett kallgrinande ansikte.

– Det var du som gjorde det Aron, påstår Gollum.

Barnens far kommer rusande mot sin fru och ser hur blodet forsar från hennes hals. Han ropar till sin dotter att ringa efter en ambulans medan han håller sin blödande fru i famnen och tittar chockerat på sonen som står förfrusen på sin plats. Aron försöker samla sig tills han ser något glänsa runt pappans hals. En kedja och en ring. Han försvinner än en gång inuti sig själv.

– Ja ta den! Ta den! Nu eller aldrig, uppmanar Gollum.

Aron tar sats och med en enda snabb och handlingskraftig rörelse sliter han av guldhalsbandet ifrån pappans nacke. I handen håller han en glimrande liten ring. Ingenting annat spelar någon roll längre.

– My precious, uttalar Aron och Smeagol samtidigt.
Deras skratt ekar i det vittäckta huset.

9

De största delarna av norra Europa och Kanada låg under vatten två år efter att jorden hade börjat spinna långsammare. Jordbävningarna och den dåliga luftkvaliteten fortsatte att utgöra ett hot mot jordalivet. Efter två års tid varade ett dygn 124 timmar. Människans hjärna klarar inte av fler än 60 timmars dagsljus i sträck, och de första symptomen på ohälsa var sömnlösheten som gjorde att människorna led av en ständig frustration. Evolutionen hinner inte med så snabba förändringar i naturen. De biologiska mekanismerna som en gång var människans vän och guidade den på rätt anpassningsväg, blir när jorden stannar upp dennes undergång. Det rika djurlivet som hade bebott planeten led på samma sätt av förändringarna. Ont om mat, luft och de häftiga temperaturförändringarna utrotade flera arter. I likhet med flygplanen slogs fåglarnas navigationssystem ut och de frös ihjäl i sin färd mot ett varmare klimat. Människan och djuren stod inför samma utmaningar och var för första gången på flera århundraden jämlika inför varandra.

En grupp bestående av mest yngre individer hade vägrat att ge upp, bland dem befann sig mina föräldrar som anslöt till ett seglande skepp som skulle ta dem till den nya världen. En ny kontinent hade rest sig upp ur havets botten och bjöd på andningsduglig luft. Det hade de hört på nyheterna. Tre år senare fanns fortfarande elektricitet och kommunikationsmedel, i de städer där det fanns liv så att säga. Den nya kontinenten verkade lovande och värd riskerna som en ensam båt till havs kunde möta. De hade rätt. Min familj var en av få lyckliga som klarade sig oskadda till nya kuster.

Konversation med nattens dolda ansikte

– Varför lever vi?
– *För att ni blir födda, kanske?*

– Jo, men varför föds vi?

– *För att ni ska leva, kanske?*

– Jo, men… jag menar… vad är ett liv?

– *Det kan bara du svara på.*

– Jag?

– *Ja.*

– Vem är jag för att kunna svara på en sådan fråga?

– *Du vet väl vem du är.*

– Jag är bara en människa. Hur fan ska jag kunna veta svaret?

– *Du är inte bara en människa. Du är levande. Du är full av livet. Du är livet.*

Tystnad.

– Vem är du då?

– *Vet inte. Säg du det?*

– Din röst är så bekant.

Skärande skratt.

– *Jag är kanske ditt samvete. Jag är kanske monstret under din säng som har blivit för konkret. Om du vill så kan jag vara drömprinsen som kommer mitt i natten och tar dig med storm.*

– Eller så är du bara galenskapen i mitt huvud som håller mig vaken.

– *Är du vaken?*

Häftiga andningar.

– *Tänk efter! Se dig omkring! Är det sant att du är vaken?*

– Det är kolsvart. Jag ser absolut ingenting.

– *Och?*

– Jag hör inte tv:n, trafiken eller mina syskons prat.

– *Så?*

– Jag låg i min säng och tittade på tv.

– *Och sedan?*

– Sedan somnade jag!

Applåder.

– Är det en dröm?

– *Vad tror du?*

– Det känns inte som i en dröm. Det känns så verkligt.

– *Verkligt? Hur kan du veta vad som är verkligt och vad som inte är det? Vad är verkligheten egentligen?*

– Verkligheten… verkligheten är allt som vi kan känna!

– *Du kan inte känna det du ser.*

– Syn är en känsla!

– *Är färger verkliga?*

– Jaaa

– *Om man är blind? Är de fortfarande verkliga då?*

– Mm…

– *Om man är döv, är ljud fortfarande verkliga då?*

– Öhm…

– *Om man är schizofren, är hallucinationerna verkliga då?*

– Ja, ja, och ja! Är man blind, döv eller schizo så lever man bara annorlunda. Men deras liv är verkligt för dem så som mitt liv är verkligt för mig.

– *Vad är livet då?*

– Livet är verkligheten.

– *Och vad är verkligheten?*

– Det är livet vi lever.

Högre applåder.

– *Är det här verkligt då?*

– Vet inte. Tror inte det.

– *Varför inte?*

– Jag sover, så det här måste vara en dröm.

– *Hur vet du att du inte sovit hela tiden men nu har vaknat?*

– Nej, det kan inte vara så! Jag sover!

– *Gör du? tänk efter!*

Tystnad.

– *Är du rädd att det här inte ska vara en dröm?*

– Typ!

– *Vad är du mest rädd för?*

– Clowner, de vill jag aldrig möta.

– *Vad mer?*

– Tala inför grupp.

– *Vad mer?*

– Kistor.

– *Vad mer?*

– Inget mer!

– *Är du inte rädd för att sova?*

– Nää…

– *Ni människor är märkliga. Ni är rädda för en massa saker; insekter, sjukdomar, utomjordingar, krig, demoner, tuffa och främmande människor, mörkret, tandläkare, eld etc. etc. Ja listan kan göras hur lång som helst med oändligt allvarliga men också löjliga saker som gör er rädda. Men ni är ändå så högmodiga att ni vågar planera morgondagen. Djärvare än det är att ni vågar gå och lägga er varje natt. Ni vågar släppa allt och bara falla i mörker och tystnad utan att veta vad som pågår i världen runtomkring er. Men det som förbluffar mig mest är att ni förlitar er på att ni kommer att vakna efter några timmar!*

– Jag fattar inte.

– *Och jag fattar inte riktigt hur ni kan vara säkra på att ni kommer att vakna ur ett tillstånd som i många avseenden liknar döden.*

– Vad menar du?

– *Tänk efter!*

Kvävda andningar.

– Jag kan inte röra mig.

– *Varför det?*

– Utrymmet är för trångt.

– *Varför det?*

– Vet inte.

– *Tänk efter!*

Skakig röst.

– Jag ligger väl inte i en kista?

– *Säg du det?!*

– Nej, nej jag måste vakna!

– Ingen panik nu. Du har skött dig gallant hittills.

– Vänta…

Viskande.

– Vadå?

– Jag hör röster.

– Vems?

– Många. De är samlade och de gråter.

– Varför?

– Någon har gått bort?

– Korrekt.

– Vem? Är det någon som jag känner?

– Tänk efter!

– Är det min begravning?

Snyftningar.

– Är jag död?

– Ja, jag vill så gärna beklaga men det kan jag inte. Jag är för glad för att göra det.

– Åh Gud!

– Nej, inte Gud! Det är bara jag.

– Är du här för att hämta mig?

– Ja.

– Så du är döden?

– Vad är döden för dig?

– Något, eller kanske någon som man aldrig vill möta.

– Precis!

– Så du är?

– Tänk efter! Vad är du mest rädd för? Något eller kanske någon som du aldrig vill möta?

Absolut tystnad.

.

.

.

Skarpt skrik!

10

Jag är hungrig på nytt. Hungern känns inte bara i min kurrande och krampande mage utan den känns i hela kroppen. Jag fryser och darrar trots att jag sitter jämte brasan som brinner livligt. Energin har runnit ur mig. Jag har en massiv huvudvärk och är aningen yr. Jag behöver bränsle om jag ska klara av de sista dunkeltimmarna, så det blir inget bröd och vatten idag. Jag behöver bli mätt, behöver protein, mineraler och framförallt vätska. Kokta bönor i burk ska det bli trots att det min mun vattnas efter egentligen är varm mat, en grillad köttbit eller en grönsak.

Jag kan inte erinra mig om jag någonsin har ätit chips, bacon eller popcorn, men har hört att den ska vara krispig, saltig och fettrik. Sådan lyxmat var bland det första att överge när folk begav sig på långa färder. Av praktiska skäl var konserverad mat det bästa alternativet. Den höll längre, var mättande och oftast behövde den inte tillagas. Självklart har jag ätit annat än mat på burk när naturen har känt för att vara generös. Ibland har det dykt upp ett stackars djur som blivit en grillad middag, en riktig festmåltid. Träden som lever kvar bjuder ibland på söta eller mindre söta frukter. Är man tillräckligt djärv kan man hitta fantastiska smaker. Är man däremot högfärdig och tror sig vara odödlig blir man förgiftad i sitt sökande efter nya smaker. Vatten, vita bönor och en gul och saftig frukt nöjer jag mig med idag.

Min bästa kompis i frysen

Det doftar så gott i min lägenhet. Spisen har precis slutat spraka och min mun har inte producerat så mycket saliv på jättelänge, äntligen är det dags. Min mage kurrar till en sista gång när jag sätter mig till bords och jag tar ett djupt andetag och sluter ögonen för att få ta del av den ljuvliga doften. Besticken sitter stadigt i mina händer och nu är det nära. I detta ögonblick

stannar allt upp, ingenting kan stoppa mig, jag har väntat länge
på denna stund. Stadens brus utanför hörs inte längre, nu är jag
fokuserad. Jag känner ett lugn genom kroppen, lägger ner
besticken på bordet och lutar mig lite lätt ner närmre tallriken
och provsmakar en krispig bit med fingrarna innan jag bestämmer
mig att äta *på riktigt*. Den var perfekt stekt, krispig, knaprig och
lite salt, ytan är lite småfet men inte för blöt, nu måste jag bara
äta allt. Jag sätter mig till rätta och tar upp besticken igen och på
ett elegant sätt tar jag upp en ny bit. Jag inser att jag är hungrig
och på ett djuriskt sätt så säger någonting i mig; "Ät det fort,
innan det tar slut!". Så jag glufsar vidare i all hast och hoppas att
ingen utanför ser på. Mina läppar som tidigare var torra är nu
naturligt behandlade av den feta goda maten och kvar på tallriken
ligger endast ett par smulor. Tomheten på tallriken och insikten
att allt det goda är borta får mig snabbt att inse; jag borde äta lite
saktare. Men efterallt är jag riktigt nöjd och belåten. Jag längtar
redan till imorgon, så att jag kan äta mer av dig, för jag har hela
frysen full, med bacon.

Ett vitt kuvert trillar ur Monas dagbok när jag lyfter den för att bläddra vidare. Det är omslutet och frankerat, men saknar adress. Jag väger det mottagarlösa brevet i handen och upptäcker att det inte väger särskilt mycket. Jag kan inte vifta bort nyfikenheten att öppna det och läsa vartenda ord detta kuvert har skyddat inom sina höljen. Varför har Mona aldrig postat iväg det? Var det överhuvudtaget hon som har skrivit brevet eller var hon den mystiska mottagaren. Ovissheten kliar i hela kroppen, men jag vill respektera Monas integritet och inte tjuvläsa hennes brev. Det kan verka värre med att läsa någon annans dagbok, men hennes brev låg faktiskt gapande på golvet och skrek efter min uppmärksamhet. Att bryta upp ett omslutet brev är dock något helt annat.

Jag minns inte att jag har skrivit något brev i mitt liv. Det enda jag har skrivit är några anteckningar då och då när jag lärde mig läsa och skriva, men jag vågade aldrig skriva ner något privat. I själva verket existerar inte ett privatliv och avskildhet finns inte heller. Alla måste hålla ihop för överlevnadens skull. Det var en av anledningarna till att jag tog en risk och begav mig iväg. Jag vill leva ett liv, med allt vad det innebär av olycka och svårigheter, utanför flockens begränsade möjligheter. Jag föddes kanske som en rebell, eller så har jag blivit färgad av alla böcker jag har läst om oändliga äventyr som en snurrande planet kunde erbjuda.

Åter till brevet. Jag bestämmer mig för att läsa det och det pirrar i magen när jag försiktigt river upp kuvertet.

Brev till min förlorade pappa

Barn ska vara högljudda och skrikiga. Barn ska smutsa ner sig när de äter. Barn ska vara kinkiga. Barn ska vara klängiga. Barn ska vara rädda för mörkret. Barn ska börja gråta utan anledning. Barn ska ramla och skada sig när de leker. Barn ska bråka med varandra. Barn ska vara nyfikna och ställa en massa frågor. Barn ska vara envisa. Barn ska bli sjuka. Barn ska vilja gå ut i regnet och leka i leran. Barn ska ta sönder saker. Barn ska vilja ha det omöjliga. Barn ska bete sig korkat och göra saker utan att tänka efter. Allt detta ska de få göra eftersom de är just barn. Barn ska ju få vara *barn*, och just det fick jag inte vara. Inte av dig!

Jag går utanför en leksaksbutik där många barn och deras föräldrar rör sig. Snart är det jul, årets största och dyraste högtid. De flesta barnen är glada och springer uppspelt runt mellan hyllorna. Andra tittar med uppspärrade ögon på leksaker som är alldeles för dyra för sina föräldrar och får nöja sig med något annat. En pojke springer ut från butiken med en leksaksbil som han precis fått av sina föräldrar. Pojken snubblar med små fötter som är fulla av spring och faller rakt på magen. Den splitternya brandbilen flyger i luften och kraschlandar flera meter framför honom. När han tittar upp ser han de förstörda delarna liggande lite överallt på golvet utanför butiken. Hans ögon fylls med tårar och han ser förtvivlad ut. Mamman lyfter upp honom och ser noga efter om han har skadat sig. Det har han inte, förutom hans känslor som har gått sönder med leksaken. Föräldrarna ser rädslan i hans ögon. Pappan som också har kommit fram tar pojkens hand och pussar den ömt för att få sin son att sluta gråta. Han talar om för honom att det inte är hans fel. Att de inte är arga på honom. Med ett betryggande leende säger han att de kan gå in i butiken igen och köpa en ännu finare bil. Det lyser i pojkens ögon och hela hans ansikte ler. Pappan plockar upp de trasiga bildelarna och familjen går in i butiken igen.

Du skulle inte ha gjort så pappa. Du skulle ha blivit arg. Du skulle ha skällt ut mig. Du skulle ha kallat mig klumpig, dum, skitunge. Du skulle ha dragit mig hårt i armen till bilen. Du skulle ha varit sur hela vägen hem. Du skulle ha tagit sönder en av mina gamla leksaker som ett straff för min oförsiktighet. Du skulle ha berättat för mamma hur barnslig jag har varit när jag gråtit. Jag vet att det är så du skulle ha gjort för det var alltid det du gjorde. Men vet du vad… Barn är faktiskt barnsliga!

Men det är kanske inte därför jag känner som jag gör. Inte för all ignorans och alla straff. Inte för alla örfilar. Alla sparkar. Alla slag med ditt skärp, skor eller endast dina knytnävar. Alla skällsord och alla hot. Kanske inte för att du skrek åt dina barn att gråta högre när de grät. Ja, annars skulle vi få mer stryk. Kommer du ihåg eller det har du glömt? Njöt du av att höra oss lida? Men det är inte viktigt för det är kanske inte därför jag känner som jag gör.

Det är kanske inte heller för att du aldrig var eller är där för oss. För att du aldrig hjälpt till med en läxa, men blev förbannad när man inte fick högsta betyget. Kanske inte för att man aldrig känner trygghet i din närhet. Bara rädsla, inte respekt. För att man aldrig kan räkna med dig. Aldrig lita på dig, för du kan bli rasande när man minst anar det. Jag förstod aldrig varför när jag var liten. Tror inte mina syskon gjorde det heller. Var det för att jag spillt min mjölk? Eller för att jag skitit ner mina kläder? Eller för att jag bråkat med min bror? Pratat för mycket? Varit uppe på kvällen för länge? Inte gjort som du sagt? Ätit för mycket glass och sedan klagat över ont i magen? Om det var därför så vill jag påminna dig om en sak; jag var ett barn. Men nu är jag vuxen. Nu vet jag att det var du som gjorde fel. Inte jag!

Känslan jag känner för dig har kanske vuxit fram lite i taget med varje slag. Varje tår. Varje gång jag sett dig slå min mamma gul och blå. Varje gång jag hört henne gråta på grund av dina hårda ord. Eller kom den känslan då du frågade min mamma om vi verkligen var dina barn?

I nästan ett år pratade vi inte med varandra av en anledning som jag faktiskt har glömt. Det måste då ha varit något obetydligt som du gjort till något stort. Sedan ringer du en dag efter att jag hade flyttat hemifrån. Jag ska inte ljuga för dig. Jag blev glad. Du var kanske inte helt hopplös som jag hade trott. Jag svarade med en skakig hand och förhoppningar om en ny början. Du berättade för mig att jag gör fel. Att du är besviken på mig. Att jag är en dålig dotter. Respektlös och otacksam. Allt det för att jag flyttar hemifrån och blir vuxen?! Nej. Jag tror att du var arg för att du sitter fast i din kultur och dina ruttna tankemönster. Du lever i falska föreställningar om hur världen ska vara. Ja, jag är en tjej, men det hindrar mig inte från att vara självständig! En annan pappa skulle ha blivit stolt. Men det är kanske inte för det här som jag känner som jag gör.

Det är kanske inte för att du kallade mig, din egen dotter, hora för bara en månad sedan och sparkade ut mig från ditt hem. Och varför det? Jo, för att jag tackade nej till inbjudan till ditt bröllop. Hur ska jag kunna komma på ditt bröllop efter allt som du har gjort mot min mamma? Hur ska jag kunna se dig starta ett nytt liv när du hade förstört någon annans? Nej, jag är inte den som ler i ditt ansikte och snackar skit bakom din rygg. Jag är den som kastar ut den bittra sanningen i ansiktet på dig, och jag står för det. Sedan den dagen har jag inte varit välkommen i varken ditt hem eller ditt liv. Men det är kanske inte för det, utan alla andra gånger jag hört dig kalla mig saker som gör att jag känner som jag gör.

Du tror att du vet vad jag känner för dig. Du tror att jag hatar dig. Men det gör jag inte. Du är fan inte värd det. Att jag plågar mig själv med hatet för din skull. Jag tycker snarare synd om dig. Du har förlorat det oersättliga. Så låt mig berätta vad du har förlorat:

En kvinna som har älskat dig från hela sitt hjärta i hela sitt liv. Mamman till dina barn. Ja vi är dina. Om du bara hade respekterat henne lite, så skulle hon aldrig lämnat, eller ens tänkt tanken att lämna dig. Hon älskar dig än idag. Om din nya fru är bara en smula bättre än min mamma så lycka till! Men jag har svårt att tro det. Har svårt att tro att någon skulle kunna älska dig så mycket som min mamma gör. Att någon skulle kunna älska dig överhuvudtaget. Jag har svårt att tro att det finns en kämpe som min mamma, eller att någon har ett så stort hjärta som hennes.

Det borde jag kanske berätta om för henne för att hon ska veta att hon har gjort rätt val i livet. Hon borde veta att det som blev till misstag var ditt fel och inte hennes.

Du har förlorat en tjugosjuårig dotter som har hittat den stora kärleken i sitt liv och är själv en förälder. En bättre förälder än du har varit för henne. Hennes fyraårige pojke är underbar. Men det bryr du dig inte om. För att hennes man inte är "fin" nog för dig.

Du har förlorat en tjugofemårig dotter som har fått jobbet hon alltid drömt om. Hon jobbar inom myndighetsbranschen och hon är stolt över det. Men det är väl inte du. För att det här inte är "fint" nog för dig. Hon borde bli läkare och gifta sig rik. Att hennes val gör just henne glad har ingen betydelse för dig.

Du har förlorat en son som fortfarande letar efter sin plats här i livet. Han behöver en förebild, en guide i djungeln. Men han har inte dig vid sin sida. Det gör inget för han är stark och modig så han klarar sig mer än väl utan dig. Dessutom har han oss.

Du har förlorat din tonårsdotter. Din yngsta och den som behöver dig mest av oss alla. Hon är i början av sitt liv. Så ung men har ett enormt stort hjärta. Hon ger dig chans efter chans och vägrar sluta hoppas. Du däremot sårar henne gång på gång. Det gör så ont i mig att se henne ledsen. Är du blind? Ser du inte hur hon mår?!

Behöver jag nämna att du har förlorat mig också? Jag är nog inte tillräckligt "fin" för att vara din dotter.

Vi ska inte prata med varandra mer. Jag vägrar ta mer skit från dig. Du har klippt sönder alla band. Sprängt upp alla broar. Stängt alla dörrar. Bommat igen alla vägar. Släckt alla ljus. Suddat bort all kärlek som fanns kvar.

Jag har inga egna barn så jag ska inte filosofera över hur man ska uppfostra ett. Men vissa saker vet alla så jag ska bara skriva några sista ord:

Barn ska uppfostras med kärlek, inte med våld.

Det ska inte vara kaos runtomkring dem, de ska ha lugn och ro.
Man ska inte ge dem rädsla, man ska skänka dem mod.
De ska inte känna hopplöshet, de ska ha tilltro.
Detta har du misslyckats med totalt.
Vad du än tror.
Som sagt är det du som har förlorat.
Det vet du!

Alexandra Morins 24 december 2032

12

Mina föräldrar var några av dem som vägrade att leva i förnekelse och inbilla sig att om man gjorde allting som vanligt skulle det bli som vanligt igen. De vägrade att sitta med armarna i kors och invänta döden. De vägrade att ge upp ett värdigt liv som deras dotter skulle kunna få. I likhet med några av min fars arbetskollegor packade mina föräldrar ihop ett par resväskor och steg på ett övergivet skepp med förhoppningen om att det skulle leda dem rätt. Innan katastrofen bodde mina föräldrar inte särskilt nära vattnet. För att komma åt en strand var de tvungna att resa utomlands. Med en långsammare jordrotation, havets förflyttning norrut och polarisens smältning bildades nya oceaner och hav. Staden som inte befann sig i närheten av vatten, var efter ett par år till stora ytor täckt av vatten. Mina föräldrar bodde på ett härbärge sina sista månader i staden. Det var också där jag föddes med hjälp av en kvinna som var ambulanssköterska och hennes man som assisterade förlossningen. Min pappas uppgift var att hålla min mammas hand och försäkra henne om att allting skulle gå bra. Vattnet hade tagit över det hem som mina föräldrar tillsammans hade byggt upp med hårt arbete och framtidsdrömmar om lycka och framgång för deras och min del.

Med mörka utsikter seglade båten med sina nio man i det som till en början verkade vara en ändlös ocean. Flera dagar till sjös utan kontakt med resten av världen och seglande i blindo. De hade varken ett fungerande navigationssystem eller pålitliga kartor. I flera dagar levde de på löftet om en bättre plats. Vädrets oförutsägbarhet underlättade inte heller resan. Oväder med flera dagars regn och aggressiva orkaner slet nästan sönder båten, men bara nästan. Mirakulöst nådde båten det utlovade landet. En splitterny kontinent hade rest sig fram ur havets yta.

När mina föräldrar och deras medresenärer anlände hade kontinentens yta inte fått besök av en enda levande varelse än. Varken djur- eller växtliv existerade. Den var ökenlik, sand så långt ögat kunde se men omringad av vatten. Inget att skydda sig med mot blåsten, inget tak över huvudet som skyddar mot regnet. Luftens densitet däremot var värt att bo där för. Snart insåg de att de även befann sig på jordens mest proteinrika plats. När jordlevande djur och stora vattendjur blev utrotningshotade, frodades fiskarna. De hade, och har än idag, en fantastisk anpassningsförmåga till rådande klimatförhållanden och luftens förändringar kunde inte bita på dem. Andra djurs död skapade en ny näringskälla för fiskarna. Därförutom ledde halveringen av jordens befolkning till minskat fiske, med andra ord fick vattendjuren föröka sig ifred bortom människans välde.

Så småningom började något som liknade ett litet samhälle forma sig på den nya kontinenten. Frisk luft, vatten och fisk hjälpte de nio första personerna att bli fler. Flera båtar anslöt från planetens alla håll och kanter. Blott fem veckor på den nya kontinenten föddes det första barnet på dess mark. Det var en pojke. En pojke som jag har vuxit upp med och utnämnt till min bästa vän. Vi har gjort livet enklare och funnits där för varandra genom åren. Det har varit vi mot världen, tills han bröt mot sitt löfte.

Jag känner av en temperaturökning i rummet vilket borde innebära att dunkeltiden har lämnat fria händer åt soltiden att härska. Jag må vara duktig på att känna temperaturskillnader men de yngre, och särskilt barnen i byn, är extraordinära på det.

Att soltiden är framme betyder en sak för mig; det är dags att fortsätta min resa. Men innan jag lämnar detta rum måste jag göra en sista sak. Jag flyttar bort möblerna som barrikerade dörren, sätter mig ner på golvet och förväntansfullt börjar jag läsa texten på den gamla trädörren.

Det Gamla

Det Gamla är ruttet av åratal i exil där inga själar kommer nära; varken goda eller onda. Där suddas gränserna mellan godhet och ondska ut. Ingen handling är god nog för att ge godheten ett ansikte, och ingen är ond nog för att definiera ondskan. Ingen straffas och ingen belönas. Ingen lever och ingen dör. Ingen kommer och ingen går. Ingen förutom Det Gamla. Det hade bebott platsen, där luften var obefintlig och natten var evigt belyst, sedan tidernas begynnelse. Redan innan människan hade lärt sig tänka i termer som tid och plats hade Det Gamla förbjudits tillträde till världen. Innan människan hade lärt sig tänka eller finnas överhuvudtaget.

Före människans era fanns endast Det Gamla i världen, tillsammans med Makterna som aldrig gav sig till känna. De fanns där utan att gå över varandras gränser eller ens ha kännedom om varandras existens. Det Gamla styrde och ställde i hela universum utan hämningar. Det trivdes i sitt hem och var lyckligt. Ville ingen illa och ingen ville Det illa. Makterna fanns också men de befann sig utanför universum. Ingen kan med säkerhet säga hur många de är, var deras residens är belagd eller hur långt deras makt utbreder sig. Men mäktiga nog är de som lyckades förvissa Det Gamla.

Harmonin i universum varade inte under lång tid efter att Makterna hade kommit över en skattkista gömd i universums mest undanskymda vrå. Vem som hade gömt den där är än idag ett mysterium, men vad den innehöll skulle förändra hela existensen. När skattkistan öppnades frigjordes en intensiv energi som lyste upp hela kosmos och krossade sönder dess fasta fasad. Ljuset var så skarpt att Det Gamla inte klarade av att hålla ögonen öppna, och de massiva klotformade delarna av universum sköts hastigt åt alla möjliga håll. Det Gamla måste hitta skydd om det skulle klara av virrvarret med livet i behåll. Det klämde sig fast vid en långsamt svävande jordklump och lät sig blunda i ängslan och hopp om att universum ska ha lugnat ner sig när Det öppnade ögonen på nytt. Och så blev det. När Det Gamla såg sig omkring i den nya världen var Det omringat av mörker. Oändlig svarthet utan gränser hade tagit över ljuset. Tomheten var fullständigt uppfylld med steniga klot och andra brinnande himlakroppar, så avlägsna ifrån varandra att de så ut som små ljusglimtar i den ofantliga svärtan. Allting befann sig i ständig rörelse.

Det gamla blev ursinnigt när det insåg att någon hade förstört dess hem. Det ville ha tillbaka ljuset och stillheten. Det ville ha gränser och trygghet. I sitt raseriutbrott slog Det Gamla sönder flera gigantiska himlakroppar och förvandlade dem till stora rusande stenar. Det Gamlas tårar släckte ner många eldar och stoftet ströddes ut i atmosfären. Makterna som hade varit nöjda med sin skapelse anade att verket riskerade att förintas innan de hunnit skapa nästa fas. Det Gamla utgjorde ett hot och hotet måste elimineras. Frågan som kvarstod var hur. Hur skulle makterna kunna tillförsäkra sig om att ha något så urgammalt under sin kontroll? Under sin uppsikt? Det fanns ett enda sätt att kontrollera Det Gamla utan att förgöra det; låsa in Det Gamla i en planet. Så blev det.

Med stor möda förvissade makterna Det Gamla till en planets kärna och lät omringa den med fyra oförstörbara lager. När den överhängande faran var under behärskning kunde makterna fritt förändra världen efter deras önskemål. Kaoset ordnades i sammansättningar av planeter och varje sammansättning fick en egen sol i dess centrum. Stjärnorna spreds ut och lyste upp himlavalvet likt tusentals vita pärlor på en sandstrand. Sedan lutade de sig tillbaka för att vila i tusen år.

Utan framgång försökte Det Gamla bryta sig ut i flera miljoner år. Ilskan och förräderiet ökade i styrka och transformerande det närmaste lagret till en våldsamt flytande lava. Även om Det Gamla inte lyckades spräcka barriärerna, hade något annat som är mäktigare än Det Gamla självt och makterna tillsammans lyckats tränga sig upp till planetens yta, livet. Det Gamlas kärlek till sitt hem hade planterat livets grogrund. Växterna slog rot i marken och planeten blev grön. Mindre och större djur formades fram ur intet och planeten blev levande. Vissa djur utvecklades till rationellt tänkande varelser. Dessa kallade sig själva för människor och planeten döptes till jorden. Jorden har varit deras planet i årtusenden, tills idag.

***

Allting andas stoft och stoftet flyter i allt. Likt en dimma lägger det sig i luften. Vinden tilltar och hänsynslöst sliter den sönder träden och buskarna. Löven faller ner som försvarslösa offer för blåstens grymhet. Mindre växters rötter förlorar kontakten med jorden den har levt i under sitt korta liv. Solen skiner inte idag. Den gömmer sig bakom ett tjockt molntäcke. Ett molntäcke dunkelt likt natten och tungt likt sorgen. Snart kommer molnen släppa ner sina regndroppar i takt med sorgset rinnande tårar.

Naturkrafterna skapar ett upproriskt väder. Protesterar mot det som har inträffat. Likaså en grupp hjälplösa människor. En samling människor i en rund cirkel som sörjer det som har hänt. Det som inte får hända, men som ändå har hänt. En far har gått bort. Han är borta. Förlorad för alltid. Borttagen från existensens uppslagsverk. Vid hans namn står ett kryss målat med dysterhetens svarta bläck, och hans plats vid matbordet är tom. Ett tomrum. Det är vad han har lämnat efter sig, men all tomhet måste fyllas igen med något nytt. Dock ej den här gången, för den här gången har något gammalt tagit tillfället i akt att komma tillbaka till en plats det har förbjudits tillträde till.

Motsträvigt lämnar människohopen kyrkogården och beger sig mot sina fortsatta liv. Yngsta dottern kastar blickar bakåt mot olyckliga gravstenar. Färgglada blomsterarrangemang med tackord och farvälshälsningar förskönar hennes fars minnesplats. Emellertid vet hon att det som finns kvar av sin far är allt annat än vackert eller skönt, endast aska och smärtsamma minnen. "Av jord är du kommen. Jord skall du åter bli" hade prästen sagt under ceremonin på kyrkan. Hur vågar han säga något sådant? Hon hade blivit upprörd över dessa ord och fällt sina första tårar sedan hennes fars död. Hennes far var mer än blott jorden han har återvänt till. Han var en högst levande och oersättlig människa som förgyllde hennes korta liv med honom, och hans själ är mer än jorden hans kropp är begravd under. Hans själ lever kvar någon annanstans. Det vet hon.

Äldsta dottern står kvar i vinden som piskar hennes kinder och tömmer henne på känslor. Hon undrar varför. Varför han var tvungen att lämna dem nu när allting har börjat ordna sig i hennes tillvaro. När hon har brottats klart med sina anorexiademoner blir hon tvungen att brottas med demonerna som tagit sin far ifrån henne. Hon har aldrig fått chansen att visa sin tacksamhet över den där regniga natten när han bar in henne i bilen medan hon svor och sparkade maktlöst på honom. Han skulle köra henne till psykkliniken. Den natten gav han henne sitt liv tillbaka, men det kommer han aldrig få veta. Han kommer inte att få se henne i sin strålande vita studentklänning som hon stolt kommer att bära upp. Som en ung normalviktig kvinna som tar sitt första kliv ut i livet med en styrka som ingen annan än sin far hade kunnat skänka henne. Inget annat än hans död kan beröva henne denna styrka, men hon måste vara stark, om inte för sin egen så för sin lillasysters skull. Med sina nyligen fyllda arton år har hon fått bo kvar med systern i deras hem tills myndigheterna tar ett beslut om var dessa två föräldralösa flickorna ska bo framöver. Det är bara de kvar och de måste hålla ihop vad som än händer.

***

Under sina år i avskildhet har Det Gamla lärt sig hur livets kretslopp fungerar. Det gav en del av sig till jorden och livet frodades på den, men det liv Det Gamla gav var inte evigt. Allting som lever dör också och livet rinner tillbaka till Det Gamla. På så sätt kan Det Gamla fortsätta ge näring åt jorden och samtidigt livnära sig på alla dess varelser. Idag har Det Gamla dock valt att vända på spelreglerna. Det vill se vad Det har skapat och njuta likaså av sin skapelse. Istället för att skänka någon annan en livsgnista ska Det Gamla bryta sig ut ur sitt fängelse, och enda vägen ut är genom en vänlig själ. Så fort faderns själ anländer till jordens inre isoleras den från resterande andar och Det Gamla kryper in i den för att gömma sig under sin kommande resa. Det Gamla ska få leva med pappans kropp som förklädnad och hans själ som färdmedel till jordens yttre.

I den stjärnklara himlen med enstaka moln på flykt till mer lovande himlar lyser fullmånen över staden. Snabba skuggor med otydliga konturer rör sig bland gravstenarna. Från stillheten och tystnaden reser sig en man upp. Han är uppklädd i finfrack, men är smutsig av jord. Årens krafter har lämnat tydliga linjer i hans ansikte och gett hans hår en grå nyans. Han ställer sig upp på darrande ben och betraktar noga sina händer i månskenet. När han andas in sitt första andetag hugger det till i bröstet och han faller ner till marken. Därefter känner han en tyngd trycka på bröstkorgen. Han ger ifrån sig ett dovt skrik i natten samtidigt som de första hjärtslagen orsakar honom outhärdlig smärta. Det är precis vad han har längtat efter och velat känna. Han tittar upp mot den ändlösa svartheten och ler. Makterna blir oroliga.

Mödosamt tar han ett steg framåt, och sedan ett till och ett tredje. Snart ligger den öde kyrkogården bakom honom. Benen rör sig mot ett för honom okänt mål, men han följer bara med blicken fokuserad framåt på sin underbara skapelse. Han går länge och snart gör han det problemfritt, men smärtan i bröstkorgen vill däremot inte upphöra. Ett tungt hjärta slår oavbrutet och dess kraftiga slag gör ont i varje liten cell i hans kropp. Ändå fortsätter han att gå mot sin okända destination.

Nattens mörker viftas bort av den grynande solen och stjärnornas lyster bleknar bort i en ljusnande himmel. Hans första soluppgång. Den är lika vacker som hans universum en gång har varit. Han stannar på en park och tittar sig omkring. I dagsljuset kan hans ögon se förödelsen som omringar honom. Marken där hans fötter har farit är grå och torr. Kvar av höga träd är förtorkade och svarta grenar. Sakta böjer han sig ner och stryker försiktigt med sin handflata gräset som fortfarande är fuktigt efter nattens regn. Därpå torkar gräset ut och blir grått. Han kan inte tro sina ögon. Livsgivaren kan inte sprida död runt sig. När han på nytt tittar på sina händer ser även de gråa och livlösa ut. Naglarna har trillat av och blodet torkar sakta ut. Tiden är knapp!

Raskt fortsätter han mot sitt slutmål utan att titta på ödeläggelsen bakom sig. Ofrivilligt börjar hans ben springa lämnande sprickor på marken efter sig. Jorden är smått darrig och sprucken. Mannen stannar tvärt utanför ett litet hus omgiven av andra småhus. Vad är speciellt med det huset? Mina flickor! Han blundar några sekunder och ser två unga tjejer närma sig honom springande. Deras gyllene hår svajar i vinden. Deras armar omfamnar honom kärleksfullt. När han omsorgsfullt smeker dem på kinderna lämnar hans fingrar gråa fläckar där de har varit. Han tar ett steg tillbaka ifrån dem och ser hur fläckarna växer i deras ansikten vidare till resten av kroppen. De ler fortfarande mot honom trots att deras ögon är tomma och håret har blivit svart. De ler, och sedan blåser de bort som aska i vinden. Han öppnar ögonen och ser genom fönstret sina döttrar röra sig i huset.

Mina flickor! Nej de är inte mina. De är ensamma. Det är jag också men jag har klarat mig. De behöver mig. De behöver leva och jag bär bara död med mig. jag ska bara få krama dem en sista gång. Det går inte. Min beröring förgör dem. Jag måste gå in. Nej det är omöjligt. Mina flickor! De är inte mina.

Han faller ner på sina knän och lyssnar på en mans uppmaningar att stiga in i huset och visa tjejerna att han är där för dem. Men han vet vad priset kan bli. "Av jord är du kommen. Jord skall du åter bli" hör han prästens ord inuti hans huvud. Han har hört frasen oändligt många gånger, men det är först nu när han står mellan två val som han förstår dess innebörd. Det finns inget annat att göra än att breda ut armarna i luften och titta upp mot makterna. Flera sprickor i marken bildas runt honom och makterna kastar ner våldsamma blixtar. De omringar honom och det lilla huset. Han tittar upp och ler medan hans kropp flagnar bort med vinden och försvinner.

65

Två ängsliga flickor sitter i en soffa i ett litet hus omringad av otyglade blixtar. De håller om varandra och vet att allting kommer att ordna sig. Det vet de eftersom deras pappa har viskat det i vinden.

13

Monas dagbok packar jag in i min ryggsäck, medan brevet till den okända fadern kastar jag i elden. Vare sig om han lever idag eller ej förtjänar han inte de hårda orden. Å andra sidan förtjänar inte undertecknaren Alexandra heller hans råa behandling mot henne. Jag blev upprörd när jag läste brevet. Den väckte så många frågor som kommer förbli utan svar. Jag kommer aldrig få veta vem Alexandra och hennes far var, aldrig veta hur brevet hittade till Monas dagbok och inte heller om det överhuvudtaget är ett autentiskt brev. Det kan ha varit en del av eller inledningen till en bok.

Brevet väckte minnen som har vilat i ide. Det fick mig att tänka på min egen far och hans värme. Min mor dog när jag var fem år och därför minns jag inte mycket av henne. Jag har enbart en skev bild av hur jag ligger i hennes knä och tittar upp på henne. Hon tittar ner på mig och ler. Små skrattgropar bildas i hennes släta kinder och en nattsvart hårslinga glider ner över hennes axel. Jag låter fingrarna glida lätt över hennes hår och det är silkeslent. Sedan avdunstar hennes bild och bara jag är kvar i minnet. Jag minns inte ens hennes ögonfärg och jag skulle inte känna igen hennes röst om hon talade till mig idag. Hon måste ha varit i min ålder eller ett par år äldre när orkanen rövade bort henne ifrån mig och min pappa.

Jag stannar kvar tills brevet har brunnit upp och sedan tar jag farväl av soffan som är mindre dammig nu och går vidare mot nya äventyr. Elden låter jag brinna i fall en annan resande skulle hitta hit. Den eller de ska då få veta att det finns fler som irrar runt i denna främmande värld. Solen befinner sig fortfarande i gryningsstadiet. Den är röd och himlen runt den skiftar i rosa, lila och ljusblåa nyanser som i en målares penseldrag. En rysning skingrar ut sig i min kropp när den får kontakt med den bitande kylan utanför. Jag har haft för bråttom att komma ut, men det var värt att få se den vackra soluppgången. Om jag marscherar fram genom staden med raska steg kan jag få upp kroppsvärmen. Det fungerar efter några hundra meter. Snart distraheras jag av höga sanddrivor som löper längs stadens södra sida. Sandkornen glittrar i solstrålarna. Så vackra och så orörda. Här måste ha legat en sjö eller ett hav.

Jag bestämmer mig för att ta en kort läspaus så jag lägger mig på rygg på en av drivorna. När jag hittat en bekväm ställning tar jag fram Monas dagbok och bläddrar fram till mitt påhittiga bokmärke. Ett tillplattat och stjärnformat stearinljus.

Mina drömmars värld

En gång sa en man till mig att jag kommer att misslyckas. Den mannen brukade ha fel om det mesta. Det har gått flera år och nu vet jag att han har haft rätt om en enda sak; mitt misslyckande.

Var har drömmarna tagit vägen? För bara några år sedan hade jag drömmar och framtidsplaner. Jag visste precis vad jag skulle göra i framtiden. Framtiden har hunnit ikapp mig och jag har inte gjort något än. Jag planerar och planerar men ingenting händer. Inte ens jorden snurrar längre. Hur mycket jag än kämpar har jag alla odds emot mig. Jag skulle göra mycket och vara framgångsrik men här sitter jag och är ingenting. Folk säger att visst har jag lyckats; du har gått ut gymnasiet med toppenbetyg, men vad fan ska jag göra alla dessa betyg?! De gör mig inte lycklig. De är bara bläck på papper. Jag kan lika gärna bränna upp dem. Riva sönder dem. Jag har ändå ingen nytta av dem.

Var har åren tagit vägen? När hann jag bli 23 år? 23!!! Åren rinner iväg och försvinner ifrån mig. Tiden förändras, men jag står stilla på samma jävla plats och stampar. Försöker åstadkomma något som är värt att leva för. Skapa något som ger mig styrka att fortsätta klampandet för jag vet inte var jag annars ska hämta styrkan ifrån. Min egen energi börjar sina. Jag har inte mycket mer på lager.

Jag måste gå vidare. Glömma mina drömmar och gå vidare. Jag kommer aldrig bli det jag har velat bli. Och jag måste acceptera det och gå vidare med något annat. Jag jobbar med något som jag inte trivs med men jag måste fortsätta för att jag måste. Jag gillar inte min bostad men jag måste vara tacksam över att jag i alla fall har ett tak över huvudet. Det är inte många som kan påstå att de har i tider som dessa. Vad är nöjet då med allt jag gör om jag gör det bara för att jag måste? Jag måste gå upp på morgonen för att jag måste. Inte för att jag har något att gå upp för. Ibland önskar jag att jag hade varit ett av de första offren. Andra gånger är jag glad över att jag har fått leva och se planetens förvandling. Men oftast är jag trött på detta elände som aldrig tar slut. Det som ändå gör mest ont är att den djävulen hade rätt!

Mona 6 januari 2035

<h1 style="text-align:center">14</h1>

Ändlösa fält av glimrande sanddrivor som guld under brännande het sol. Som höga vågor av sandhav med stora vita saltpartier. Varken växt- eller djurliv kan frodas här. Vattnet måste befinna sig långt bakom drivorna, och jag tvivlar på min förmåga att gå flera kilometer i hettan utan vatten och minimalt med näringsrik mat. Som tur är behöver jag inte göra det heller. Grusvägen som leder mig fram i min resa är också en skiljelinje mellan saltöknen och ruinerna av en forntida stad. Närmast resterna av det som har varit täckt av vatten och grusvägen ligger ett antal mindre hyddor i trä. De är enkelt byggda med trekantiga tak och stora fönster från mark till tak. Övervägande delen av fönstren är självfallet krossade och resterna efter glaset har försvunnit under jorden. Antingen har de krossats under krafterna av ett oväder, eller så har några kringresande tvingats krossa sönder dem för att söka skydd inomhus, införskaffa mat eller annan livsnödvändig utrustning. Jag väljer att tro på det senare; att människans fötter har bestigit denna mark även efter katastrofen.

Bakom de enklare boningarna reser sig en rad flervåningshus som är betydligt fler och i bättre skick än hyddorna. De högsta får jag till fyra våningar. Det är dock inte de husen som drar till sig min uppmärksamhet. Det är byggnaderna som blickar upp mot himlen och reser sig upp från horisontens avlägsenhet som ropar efter min nyfikenhet. Ditåt ska fötterna ta mig.

Skuggor av papper

De finns överallt. Under hans skrivbord. Bilderna i datorskärmen. Rösterna i mobilen. De rinner med vattnet i kranen och brinner i hans eldstad. Han andas in dem med varje andetag. De finns inuti honom. Flyter tillsammans med blodet i hans ådror. Det är försent. Han har välkomnat in dem till sitt liv och det är försent att sätta stopp för deras angrepp. Inte mot honom utan mot andra som han träffar. Honom vill de inte skada. Inte fysiskt i alla fall. Nej, de spelar ett spel och har en strategi. Sakteligen kommer de bryta ner honom till något icke-igenkännbart. Processen har redan startat.

Första gången han kom i kontakt med dem var ungefär samtidigt som en hög med böcker dunsades in på hans kontor en ovanligt varm julidag för ett par månader sedan. Kvinnan som hade kört in böckerna med en gnisslande dragkärra till honom hade ett lömskt leende på läpparna. Han kunde nästan höra hennes tankar håna honom, *"Här får du mer jobb!"*. Sedan hade hon gått med en halvfull kärra vidare till hans kollegor utan att uttrycka ett enda ord till honom. Inte ens ett hej hade hon sagt, och hon hade inte berättat vad han skulle göra med alla böcker. Han behövde självklart inte någon som talade om för honom vad han skulle göra, men några vänliga ord hade inte skadat.

Det skulle ta honom en hel sommar att recensera alla dessa böcker. Med en snabb överblick kunde han konstatera att det var fyra nya fantasyromaner och den tunnaste av dem var på minst fyrahundra sidor. Han har aldrig förstått varför fantasyförfattare skriver så tjocka böcker. *"Älskar de att läsa fler sidor av sina egna verk eller saknar de förmågan att begränsa sig?"*, tänkte han. Ibland hatar han sitt jobb. Den dagen var en sådan dag. Suckande lyfte han upp boken som låg överst. Efter en snabb läsning av baksidestexten förstod han att det är en deckare med övernaturliga inslag. Ingen renodlad fantasy, det gladde honom. Han slog upp första sidan; *"Inget ont anande öppnar den unge mannen dörren den varma och blåsiga julidagen..."* började boken med. *"Ännu en ny författare som vill ge sina mördarfantasier större utrymme"* tänkte han. För två månader sedan var John en riktig bokslukare. Vid dagens slut hade han läst ut hela romanen, bildat sig en uppfattning och bestämt ett betyg. Det enda som återstod var att skriva en sammanhängande och professionell recension att presentera för sin chef.

Hemma är det kvavt och stinkande. John öppnar köksfönstren och söker igenom huset efter hundavföring. Dessa små hundar är inte alltid lydiga. Han har haft de i tre år utan framgång med avföring-inomhus-problemet. Trots det är det Milly och Nelly som förgyller hans vardag. När en kollegas hund fick valpar tog han tillfället i akt att införskaffa ett husdjur som väsnades lite i lägenheten så att han inte skulle känna sig så ensam. De blev sålda ganska snabbt och när det var Johns tur att ta en titt på dem fanns det endast två kvar. Två vita Jack Russels som låg tätt intill mamman och gned sig ivrigt mot varandra. Den ena hade krämfärgade fläckar över öronen och delar av ryggen, medan den andra lite mörkare, nästan bruna fläckar. De fångade hans kärlek omedelbart och han hade inte hjärta att skilja dem åt. Milly fick den krämfärgade döpas till, och Nelly den andra som i takt med sin uppväxt fick allt mörkare fläckar.

Ingenting som kan ha orsakat stanken hittar han i lägenheten. Det är kanske han som luktar. Svetten rinner ju över hans kropp som ett vattenfall. Han häller upp mat i hundarnas matskålar och klär av sig för en svalkande dusch. Milly och Nelly leker säkert ute på den inglasade altanen och kommer att springa in när matdoften når deras nosborrar. Han låter badrumsdörren stå på glänt när han går in för att lyssna efter deras glada tassanden. I duschkabinen sätter han på vattnet och drar för glasdörren. Blundande sköljer han av schampot när han hör ett gny. En av hundarna är inne i duschkabinen. Han hoppar till. Det svider i hans ögon. Hunden skäller högre och springer frenetiskt runt i det lilla utrymmet. Han känner något mjukt under fötterna men han kan fortfarande inte se för allt schampolödder över hans ansikte. Brännande hett vatten. Han måste ut. Halt golv. Snubblande och med hjärtat i halsgropen tar han sig ut. Nu sitter han på golvet i badrummet lutandes mot väggen längst bort från duschen. Vattnet upphör att rinna. Imman på glaskabinen börjar försvinna så småningom. Milly! Hon ligger orörligt på golvet med uppspärrade ögon. Han har trampat ihjäl sin älskade hund. Han har lämnat fotavtryck i blod efter sig. Panik! Han försöker torka bort blodet med händerna, men de blir blodiga de också. Med en handduk runt kroppen springer han ut mot köket och tvättar av sig hundblodet.

Skuldkänslorna sköljer över honom. Tårarna slutar inte strila ner över kinderna. Han hatar sig själv. Nelly, hans andra hund och syster till Milly, hatar honom också. Några dagar efter olyckan kunde hon känna det som var på väg att ta över sin husse. Ondskan! Nelly hade gett sig iväg och han har inte sett henne på flera veckor. Med tanke på det han vet idag är han lyckligt lottad över hennes försvinnande. Den natten, efter olyckan, knackade någon på hans dörr. Han öppnade och en vind blåste in. Idag vet han att det inte var vinden. En dräpande kraft hade smitit in till hans liv den kvällen.

***

Han är utmattad. Han vill inte spela mer. Arbetskollegorna har påpekat hans markanta viktnedgång och lagt märke till de svarta ringarna under hans ögon. De undrar om han sover, äter eller ens andas. De undrar var blåmärkena och såren som dyker upp på hans kropp varje dag kommer ifrån. De har många frågor och han saknar svar. De skulle ändå inte kunna förstå. De hör ändå inte alla dessa ständigt skrikande röster. Ser inte de gråa skepnaderna som lurar i varje liten vrå. Skepnaderna blir fler och fler med varje nytt offer i en av hans recenserade romaner. Många har blivit mördade hittills och han har endast en bok kvar att plöja igenom. Kommer skepnaderna och rösterna att försvinna när han är klar med den? Kommer mardrömmarna att upphöra? Han är inte ond. Det vet han. Han vet också att det är skepnaderna, skuggorna, som har förgiftat hans sinne med vanföreställningar.

Det var inte John som ströp ihjäl den femåriga grannflickan. Det var Max Manner, som gillar att se livet rinna ut ur små barn, som gjorde det. Max skugga har inte lämnat grannhuset sedan dess.

73

Det var inte John som högg av huvuden på änderna i parken och kastade in dem i dammen. Det var ungdomarna från "Kaos" som gjorde det. Förvirrade och sysslolösa tonåringar som gillade att sprida skräck i sin stad. Om man tittar noga och tillräckligt länge i vattnet ser man att deras skuggor simmar där.

Det var inte John som satte eld på förskolan och brände ner barnens alla leksaker och teckningar. Max Dahl gjorde det. Ja, pyromanen Max älskar synen av eld och även känslan av den mot sin egen hud. Författarinnan som har skrivit boken om Max måste ha varit lite knäpp ändå, med tanke på att hon har skapat en figur som Max. Hans skugga lämnar röklukt överallt.

Det var inte heller John som förgiftade kaffeautomaten på jobbet. Han skulle aldrig skada sina kollegor. Max Davidsson däremot hatar arbetskamraterna som har frusit ut honom ur gemenskapen. Vedergällningen var det enda som rörde sig i hans tankar. De får skylla sig själva helt enkelt. Hans viskningar hörs konstant så länge John är vaken.

Varför får han alltid recensera så tragiska och hatfyllda böcker? Det behöver han inte fundera över mer. Han har skrivit klart recensionerna och en härlig ledighet väntar. Precis när han skulle lämna kontoret kallar chefen, Kajsa, in honom till sitt arbetsrum. Det knyter sig i hans mage och känseln i händerna börjar försvinna. *"Vet hon någonting?"*. Han tar sig till hennes kontor med skakiga ben. Hennes missnöje går inte att missuppfatta. Luften tar slut. Tunga andetag. Kajsa är upprörd. Hon frågar var han har hämtat alla dumheter som han har skrivit om ifrån.

– Från böckerna! svarar han förvånat.

– Jag ger dig fyra kärleksromaner och du skriver om skurkar och seriemördare. Herregud Max! Varför gör du så? frågar chefen modfällt.

– Vem? Nej! Han skakar på huvudet.

– Och vad är det där med alla dina brännmärken? fortsätter hon med en lugnare ton som om hon försöker nå ut till honom.

Hon ser paniken i hans ögon och reser sig för att lugna ner honom.

– Jag tror du behöver hjälp Max.

Han snäser åt henne att han inte heter Max. Vill inte bli kallad efter den där hemska barnmördaren.

– Men Max…

– NEJ NEJ NEJ! Orden ekar.

Det gör ont i huvudet. En skarp smärta tvingar honom att blunda och falla ner på knän. Hans ansikte är rött och tårarna rinner när han försöker göra motstånd.

Tystnad. Klarhet. Inga viskande ord och inga skepnader. Endast klarhet. Han reser sig.

– Mår du bra… Max?

Han ler. Max mår utmärkt!

15

År efter år gick förbi i jetplansfart. Efter sig lämnade de ruiner och död. Jorden låg i fullständig förödelse år fem. Samma år som jorden stannade upp totalt i väntan på nästa avgörande drag. Vilka drag hade naturen kvar att spela som den inte redan hade lagt fram? Jordbävningar och brutala vulkanutbrott hade redan drabbat jordens alla kontinenter och hav. På enbart fem år hade kontinenterna ombildats och jordskorpan såg inte sig lik ut längre. Nya berg reste sig upp ur havets botten, medan andra hade sett solljuset för sista gången i sitt relativt korta geologiska liv. Hela öar och länder sjönk under framåtmarscherande oceaner. Tsunamier utan desslikes i förfluten mänsklig historia slukade allt i sin väg. Orkaner, gigantiska tromber och allt vad vinden hade för sinnesstämning. Månader av ösregn utan avbrott på vissa håll, och outhärdlig värme, torka och skogsbränder på andra platser. Folk som dog i sömnen eller på flykten utan tillfredsställande luftdensitet. Ja, vad hade naturen mer att överraska med?

Många jämförde jordens upphörande cirkulation runt sin axel med katastrofen som drabbade vår planet flera hundra miljoner år sedan innan den var *vår* planet. Före vår tidsera härskade en generation av jättar, de s.k. dinosaurierna. De frodades väl med hjälp av planetens alla godheter. Teorier om dinosauriernas utdöende fanns men ingen visste med säkerhet hur den hade sett ut. Nya växtarter skulle ha uppkommit under jordens tidsålder Krita. Dessa nya växter skulle inte ha passat växtätarna som föda vilket ledde till deras död och därmed matbrist för köttätarna som i sin tur började dö. En meteoritkrasch skulle ha startat utrotningsprocessen i enlighet med en mer våldsam teori. Damm och aska i atmosfären skymde solens strålar och klimatet blev allt kallare. Luften blev så kall att djuren fick andningsproblem och näringskedjan rubbades när växterna dog ut utan solens energi. Vad som än hände så tror jag att planeten hade tröttnat på dessa jättar och blandat ihop den perfekta dödsformeln åt dem, såsom

76

den väljer att utplåna mänskligheten. Varför skulle människan överleva när inte ens jättevarelserna klarade av att överleva en katastrof som i jämförelse med vår tids avgörande vändpunkt var av en mildare grad?

Tillsammans med ödeläggelsen av jordens inre och yttre förstördes det sista hoppet människorna levde på. När planeten stod helt still det femte året fanns ytterst få platser med dugliga förhållanden för människan att vistas i avseende luftkvaliteten, temperatur samt tillgång till dricksvatten och mat. Ytterst få nådde fram till dessa eftertraktade områden. Bristen på kommunikations- och transportmedel försvårade dock för fler att vare sig höra de goda nyheterna eller få en chans att söka flykt undan fara på egen hand. Ingen vet hur många överlevande fanns på jordens yta år fem, som också kallas år noll av folket från dunkeltiden. År noll kännetecknades av motsatspolerna stillhet på vissa håll och totalt förfall på andra. Därefter började saker och ting gå runt på nytt.

Vi finns kvar. Mot alla odds finns vi kvar. Kanske är det vår anpassningsförmåga, intelligens och enorma hjärnkapacitet som har varit oss till gagn. Det kan bero på att vi har talförmågan och kan gå upprätt. Kanske för att vi är Guds förbannade favoritskapelse. Rena turen utgör också ett alternativ. Vad det än är som har gynnat oss måste det ha varit stort. För vi finns kvar trots att planeten saktade ner i sin rotation, stannade upp och sedan började snurra på nytt. Allt detta hände utan att den lyckades bli av med oss.

Intensitet

Intensivt. Luften blir tung. Ihållande andetag. Leendet fryser till is. Dör på hennes läppar. För evigt där men ändå inte. Utdragna läppar som föreställer tomhet. Ingen glädje. En ilsken min som döljer sig bakom nattsvarta ögon. Ett par stirrande ögon som verkar ha fastnat i tiden. I ett ögonblick av hat. Inte mot den som har yttrat orden, utan mot mottagaren av dem. Mot sig själv. Avsky och äckel. Hon ger dem anledningar att säga saker. Hon gav honom en anledning att säga det till henne. Kasta orden mot henne utan förvarning. Bara öppna munnen och yttra dem som om de vore i en vardagslek där alla barnen får lov att vara elaka eftersom de vet att det är lek. Hon är inte barn. Han är inte barn. De befinner sig inte i en lek. De är på en arbetsplats. Hennes arbetsplats. Han är ingen lekkamrat. Han är hennes arbetskollega. Han försöker samtala. Vara rolig. Eller kanske bara tränga sig igenom hennes murar. Tror att orden kan ta sig förbi. Bryta sig in.

Ingenting kan ta sig in. Få henne att öppna sig för att släppa in ljuset. Släppa in folket. Låta dem läsa av henne som en olåst bok. De får se omslaget. Det praktfulla omslaget. De får gärna nudda vid ytan och skrapa på den, men insidan vill hon helst ha undangömd. Livet ska ligga i tryggt förvar mellan två solida pärmar.

Hans ord är blinda. De hittar inte vägen in. De studsar vid ytan. Inte tillräckligt starka för att förgöra henne. Men mäktiga nog är de för att kunna skada henne. För att kunna slita sönder några sidor inom henne. Han märker det. Han känner orden som studsar tillbaka mot honom. Han känner dess isande kraft. Tystnaden omsluter dem och säger mer än någon av dem någonsin trott sig kunna uttrycka. Han ser pappersskärvorna flagna ur henne. Ser henne gå sönder och bli hel på nytt. Han vill inte gå in på djupet! Han vill inte veta. Blir mållös. Andas tungt. Det känns intensivt!

16

Det enda solskyddet jag har är min cape som hänger över axlarna. Den når ner till knäna men är längre på sin v-formade baksida. Jag har sytt den själv och anpassat den till min resa. Inte för lång för att samla smuts från marken, inte för kort så att den inte skyddar benen, inte heller för tjock så att jag kvävs och inte för tunn att den släpper in kylan. Jag har även försett den med en stor luva. Framkanten på luvan är fodrad med vad som har varit en tunn bokpärm Denna har jag slagit in i plast och format till en båge för att sedan sy in den i luvans framkant. Plastens funktion är att skydda ifrån regn och hela den innovativa framsidans syfte är att skydda ansiktet ifrån sol eller ibland sandstormar. Tyget är vad som har varit en stor vit parasoll som hade sett bättre dagar. Med hjälp av gröna växter och grenar har jag lyckats ge det gulblekta tygstycket en blekt grön färg med ljusbruna partier. Inte den snyggaste färgen men den ger mer karaktär än gulvit och bättre kamouflage i naturen. Det gröna matchar även min ögonfärg utmärk, och det brunaktiga är några nyanser ljusare än mitt vågiga hår. Ingen från byn ifrågasatte min upptagenhet med skräddararbetet. Alla är ändå vana vid att tillverka sina egna kläder. Det är faktiskt så att var och en gör det mesta av sina nödvändigheter på egen hand; sy, bygga möbler, jaga, plocka eller odla sin egen mat.

Under kappan bär jag idag ett par byxor av tunnare tyg samt ett linne. Båda är beigefärgade. I flera av de böcker jag en gång haft nöjet att bläddra igenom, har jag sett bilder på människor iklädda märkliga plagg i alla möjliga färger som finns i naturen. Även sådana färger som jag inte sett i naturlig form. Jag skulle vilja lära mig hur man utvann färger ifrån olika material i tiden från förr. Det är inte särskilt mycket som imponerar på mig från den tiden. Men just kreativiteten och de sprakande färgerna är berömvärda. Idag ser alla likadana ut. Likadana färger och klädesplagg. Alla bor i likadana hyddor och äter likadan mat. Det

79

mest sorgliga är att alla strävar efter samma sak och har samma mål.

Min tid handlar om att leva för att överleva. Uttrycket att ta en dag i taget efterlevs för bokstavligt. Inga framtidsdrömmar eller planer får plats i de fullt uppbokade dagarna. När det råder ljustid ska man förbereda för mörkret och kylan, och vise versa. Dunkeltiden präglas av sömn och vila, långa sagoberättarstunder och minimal energiförbrukning. För mig är dunkeltiden utforskningens tid. Slitna böcker, tidningsrester och memoarer blir mitt underhåll men också min historielärare när det är dags att mata nyfikenheten i mitt varma krypin. Världen är så strukturerad och förutbestämd in i minsta detalj. Från första dagen barnen blir självmedvetna blir de också medvetna om sin roll i existensen. Att föröka sig och rädda mänskligheten från utrotning. Flickorna lever flera år i fruktan för den första menstruationen. Då är de mogna och redo att tillförse världen med fler flickor och pojkar för att skapa allt längre levnadskedjor. Kedjor mer solida än järn. Pojkarnas könsmognad är svårare att fastställa och därför paras de ihop med flickor födda samma tidsperiod. När den första menstruationen är över inleds förberedelserna för den stora dagen och för parningsceremonin. Närvarande vid ceremonin är parets uppfostransansvariga som inte alltid behöver vara samma som de biologiska föräldrarna. Barnuppfostran är också kollektivets ansvar. Alla föräldrar lever inte länge nog för att ansvara för sina egna barn till de nått mognadsåldern. Det har hänt att några flickor och pojkar som är ämnade att bli ett par har fått växa upp under samma tak med syskonliknande förhållanden.

Någon med en maktposition i byn, oftast någon från rådet där alla viktiga beslut fattas, får också deltaga som en hyllning för det unga paret, men också som en markering för vikten av det genomförda samlaget. Ungdomarna som står på tur är den sista gruppen som är med på de för mig fruktansvärda ceremonierna. Jag gav mig iväg några dagar, fyra dagar för att vara mer exakt, innan det var min tur. Det måste ha gjort många förbannade. Det måste ha gjort Ryton ilsken. Men det var trots allt han som svek först.

Jag är hon

Här ligger jag på samma säng som jag har legat på en längre tid nu. Solstrålarna bryter sig in i rummet genom hålet i den blåa gardinen, och lyser på det dammiga runda bordet med ful brun färg. Det ligger precis intill fönstret. Väggarna, golvet och taket är färglösa i dunklet. Mina lakan är vita och sängen är inte så bred. Allt i rummet påminner om sjukhus men jag har förstått från första dagen att det inte är något sjukhus jag befinner mig i. Jag har även förstått att det inte är jag som är sjuk utan den andra personen i detta hus.

Nu hör jag dem. De är svaga men jag hör dem. De närmar sig. Fotstegen är närmare. De är precis bakom dörren nu. Tystnaden tar över i en sekund, och i nästa öppnas dörren på vid gavel. Lampan utanför lyser in i rummet. Där står han "min värsta mardröm". Han kommer in med det leendet som jag avskyr. Hans ögon vill jag inte se. Jag orkar inte se den omänskliga blicken längre. För första gången den dagen känner jag mig levande, för mitt hjärta slår så fort och hårt att jag känner det i hela min trötta, sjuka och svaga kropp. Som vanligt är han noga med att låsa efter sig och sedan tända en lampa med svagt ljus. Därefter går han direkt mot ett tvåvåningsbord av stål på fyra hjul efter att ha betraktat mig i några sekunder. Han häller upp vatten i samma glas som aldrig blir diskat, och tar ut sprutan från fickan i den kortärmade, vita skjortan som han har på sig. Jag har lagt märke till att han har en konstig tatuering på vänstra underarmens insida. Det är en slags varelse som varken är en demon eller en ängel. Kroppen är avlång och omsluten av fjädervingar. Fågelliknande fötter uppenbarar sig underifrån vingarna. Huvudet är aningen för stort för att tillhöra samma kropp. Det är ett mänskligt huvud med blodsprängda ögon och en plågad min. Tatueringen är gjord i gråskala utöver de röda ögonen som sirrar på mig. Den passar hans personlighet, han är varken fientlig eller vänlig. Jag kan inte säga att han har gjort mig illa under tiden jag varit här, men han har trots allt berövat mig min frihet. Han hade inte tatueringen de första två eller tre dagarna. Den måste han ha gjort ganska nyligen. Hur kan han vara så hänsynslös att han på dagen lever som en helt vanlig man, vanliga sysslor och vanliga tatueringar, medan han om kvällarna kommer hem till en inlåst ung tjej som inte ens vet vem han är.

Han kommer mot mig, rör vid min panna så ömt att det gör ont, ont inne i själen. Jag tittar inte på honom. Jag tittar bort någon annan stans som inte finns. Jag vill inte se honom och hans fula gröna ögon. Jag vill skrika och fråga honom varför. Varför gör du så här mot mig? Varför är jag här? Vad har jag gjort för att förtjäna detta? Jag vill ta mig fri och slå honom, slå ihjäl honom. Se hans blod och höra honom säga förlåt. Jag kommer inte att förlåta honom, utan fortsätta slå och sparka och sedan tänder jag eld på hans patetiska kropp. När jag är klar och endast aska finns kvar flyr jag hem. Där finns människor som älskar mig och tar väl hand om mig. Men här ligger jag paralyserad på sängen, kan inte röra mig. Neddrogad med mediciner. Jag är helt kraftlös mot honom, och det är jag som gråter inte han. Han sprutar vätskan i mitt blod, ler och vänder mig ryggen. Jag vet inte vad det är som blandas med mitt blod. Det är kanske det som gör att jag känner mig så sjuk eller är det något som håller mig vid liv.

Det finns ingen klocka i rummet. Jag gissar att det är sex eller sju på kvällen eftersom solen börjar gå ner och det mörknar där ute. I den här stunden känner jag en stark längtan efter min familj. Jag vill hålla min lillebror och pussa honom på sina lena kinder tills han blir irriterad och puttar bort mig. Undrar om mina föräldrar saknar mig och fortfarande letar efter mig. Kanske har de glömt mig och skaffat en ny dotter! Jag vill inte tro det. De har alltid sagt att de älskar mig och att ingen kan ta min plats i deras hjärtan. Önskar att de menade det och att de aldrig ger upp hoppet. Om de älskar mig på riktigt, måste de känna mitt lidande och veta att jag lever.

Mannen sätter sig till höger om mig på sängkanten. Jag håller mig tyst.

– Vill du ha mat Emma?

– Vem är Emma? Jag heter Emmy, inte Emma!

Han tar ut ett foto från fickan i den vita skjortan och visar mig det. Det är ett foto på en blond tjej. Hon sitter intill en ganska stor damm på en park och håller en vit, väldigt lurvig valp i famnen. Det är sommar och grönskan som omringar henne är fascinerande. Hon verkar vara lika gammal som jag eller något år äldre. Dock kan hon inte vara över sjutton år.

– Det är Emma, du! säger han.

Jag ger inget svar.

– Ett gäng på en tjej och två killar våldtog och misshandlade dig, och sedan kastade de dig i skogen bakom din skola, säger han och tittar på fotot med stor sorg i ögonen.

Plötsligt känner jag medlidande för honom. Han har berättat samma historia om och om igen sedan dag ett, som om han vägrar acceptera att upprepningen inte kommer ändra vem jag är. Men nu när jag har haft tid att fundera över hela situationen förstår jag allt. Han hittar inte på en helt uppdiktad historia. Han vill inte skada mig. Allt han vill är att jag ska ersätta hans förlorade dotter.

– Du behöver bearbeta det som har hänt Emma! säger han bestämt.

– Men ja…

Han avbryter mig och fortsätter;

– Det som har hänt gör ont och tar tid att bearbeta men ju fortare du börjar läkningsarbetet desto snabbare börjar du må bättre också.

– Nej! Jag har en pappa som är polis och han kommer hitta mig! Jag köper inte ditt babblande om våldtäkter och så vidare.

Det är du som är sjuk. *Du* behöver bearbeta det som hänt din dotter, inte jag.

De få meningarna förbränner den sista energin jag har kvar i kroppen. En fruktansvärd värme uppstår i min mage och sprider sig hastigt till mina övriga kroppsdelar. Illamåendet som har besökt mig titt som tätt gör sig påmind igen. Vomeringen forcerar fram och tvingar upp min överkropp ifrån sängen. Kvickt uppfattar han vad som är på gång och plötsligt står han bredvid mig med ena handen mjukt på min rygg, och den andra hållandes en spypåse under mitt ansikte. Ett kraftigt tryck känns över bröstet och i munnen är smaken bitter av galla. Lukten är motbjudande och framkallar ytterligare en kräkningskänsla. När kräkattacken går över är jag kallsvettig och darrar i hela kroppen. Min kropp som har levt på vatten och minimalt med annan mat är för svag för att klara av ansträngningar.

Den gåtfulle mannen behåller lugnet men agerar snabbt och systematiskt. Han har trots allt hjälpt mig undvika att spy ner sängen och mig själv flera gånger. Det är jag tacksam för. Det hade varit för omänskligt, även för en kidnappare, att låta mig få bada i mina egna spyor. Hans övertygelse om min identitet har antagligen spelat på hans ömma strängar. Han rör sig mot rummets bortre sida. Någon meter till höger om dörren ser jag en vit liten vask där han står och vrider på kranen. Efter några sekunder fyller han en plastmugg med vatten och börjar gå tillbaka till mig. Min skakande kropp längtar efter vattnet, men först måste jag få skölja bort den bittra smaken från munnen. Medan jag sköljer munnen och frenetiskt spottar ut i spypåsen hämtar han en ny plastmugg fylld med kallt vatten. Det dricker jag upp och räcker över den illaluktande påsen till honom. Han tar emot utan att tveka, knyter den och öppnar dörren för att lägga ut den på golvet. Lika noga som alltid låser han dörren.

Jag kan inte låta bli att förundras över var han har fått all sin utrustning ifrån. Alla kanyler, plåster, droppåsen med slang och infusionsvätskan som jag får när jag vägrar äta, genom en kanyl som alltid sitter i armvecket. Flera gånger har jag känt instinkten att dra ut den men min rädsla har hindrat mig. Jag är rädd att slita sönder mina blodkärl och förblöda till döds. Än är jag inte redo att lämna livet. Även spypåsarna måste vara hämtade från ett sjukhus. Jag minns när jag fick matförgiftning när jag gick i sjätte klass och fick åka in till lasarettet med ambulansbil. Då fick jag en vit avlång plastpåse med en plastring på ovansidan som man kunde hålla i. Det är liknande påsar som den här mannen innehar. Han jobbar kanske på en vårdinrättning, eller känner någon som gör det och som förser honom med nödvändig utrustning för att hålla mig i livet.

Han frågar om jag vill ha något att äta. Det vill jag inte.

– Om du låter mig gå säger jag ingenting till polisen. Jag ska säga att du hade en mask på dig, att jag aldrig fick se hur du såg ut. Vad säger du?

Han ger mig en kall och plågad blick som visar mer än vad han vill säga.

– Jag vill inte lura dig, jag lovar! försäkrar jag honom, och börjar gråta för det syns på honom att han inte tror mig.

Han skulle vara naiv om han tror något sådant, men jag menar det jag säger. Jag tycker synd om honom, och vill inte att han åker i fängelse. Helt uppriktigt. Han behöver hjälp. Han behöver förstå det som har hänt. Att han förlorade sin dotter och att han inte kan tvinga mig ersätta henne.

– Vet du vad… inleder han med och funderar några sekunder innan han fortsätter, om du äter en ordentlig måltid kan du få besök av din pappa. Vad säger du om detta?

Jag tvekar. Vad är det för lek han leker? Men vill han leka så är jag duktig på det. Jag gör som han vill och ser vart det leder. Jag uttrycker ett svagt okej och ungefär en kvart senare, känns det som, kommer han tillbaka till mig med en bricka, tallrik med ris och kycklinggryta, ett glas mjölk och ett till fyllt med juice. Utifrån den orange färgen gissar jag att det är apelsinjuice. Allting är gjort av plast. Brickan, tallriken, glasen och besticken. Jag vill inte fråga. Inte veta. Jag vill bara se vart det här leder så jag tar den ena skeden av riset efter den andra och sväljer motvilligt maten. Det gör ont i halsen. Jag sköljer ner med några klunkar av juicen. Jag hade rätt: apelsin.

Mannen lämnar inte rummet medan jag äter. Han vakar över mig som en örn vakar över sitt byte. Är jag ett byte? Matar han mig för att sedan slakta, grilla och äta upp mig? Jag kan nästan se mig själv i lågorna som han har förberett för mig. Jag känner nästan hur det svider i min hud när lågorna smeker den. Mer juice. Dricka upp hela glaset och svälja min panik. Han är nöjd med min insats. Nu begär jag min belöning men får ett ynka löfte att han ska ringa min familj och se om de kan träffa mig imorgon. Jag inser att jag har blivit lurad och somnar på en blöt kudde.

***

Det är morgon. Jag vet det eftersom jag hör fågelsång och vaknar av en solstråle som har lyckats tränga igenom hålet i gardinen och lyser mig rakt i ansiktet. Innan jag har hunnit vakna ordentligt hör jag röster utanför mitt rum och en nyckel som vrids runt för att låsa upp. Till min stora förvåning kliver en annan man in. Mina nyvakna ögon och dunklet gör att jag inte lyckas identifiera honom med detsamma. Det krävs att höra hans röst för att känna igen honom: min pappa! Han kommer fram till mig med vida armar och jag kastar mig i hans famn. Han är så varm och jag känner mig trygg. Räddad. Vi sitter i flera minuter och håller om varandra utan frågor eller svar. Inga ord uttrycks. Endast tårarna som rinner.

Min pappa öppnar upp för en konversation och inleder med bagateller. Han frågar hur jag mår, hur jag har haft det samt om de har tagit hand om mig. Tagit hand om mig? Jag lämnar tryggheten och torkar mina tårar. Efter några snyftningar lyckas även jag återfå talförmågan. I mitt huvud rör sig tusentals frågor, men den viktigaste av alla är varför vi är kvar här. Varför är han så likgiltig och varför har han inte tagit med sig hela poliskåren? Det är faktiskt en allvarligt störd brottsling vi har att göra med.

– Du har varit med om något hemskt Emma…

– Emmy! avbryter jag.

– Nej Em… Lyssna här. Du har varit med om något hemskt och därför är du här. Det finns ingen farlig bov här. Du är på ett… en vårdinrättning kan vi säga där folk kan ta hand om dig och ge dig den hjälp du behöver. Men du måste samarbeta om det här ska funka.

På nytt är jag mållös.

– Förstår du vad jag säger? frågar han försiktigt och övertydligt såsom om han talade till ett litet barn.

Jag förstår inte. I mitt huvud tystnar alla frågor. Det finns bara stillhet.

– Du blev för några månader sedan överfallen av några ungdomar. Minns du det? Minns du vad de gjorde? Minns du vad du gjorde?

– Nej nej och nej!

– Då är det dags att börja minnas.

– Pappa ta mig härifrån bara. Jag vill komma hem snälla, vädjar jag för gäves. Är detta något skämt? KAN NÅGON TALA OM FÖR MIG VAD SOM PÅGÅR? fortsätter jag i en mer aggressiv ton.

En kvinna klädd som mannen jag har fått träffa innan, hade gått in i rummet strax efter min far och hållit sig i bakgrunden. När jag höjer rösten tar hon ett par steg fram mot oss men blir hejdad av pappa som signalerar åt henne att det är lugnt. Han talar om för mig att han ska berätta vad som har hänt. Jag måste lyssna till slutet.

– Du blev utsatt för ett övergrepp för cirka ett halvår sedan. Det var ett gäng på två killar och en tjej. Närmaste tiden efteråt var en svår period för dig. Du vände dig inuti dig själv, kunde inte sova och om du gjorde det drömde du mardrömmar. När polisen tre månader senare hade gripit tre misstänkta för övergreppet fick du se bilder för att identifiera dem. Det kunde du göra, samt att du visste vilka de var eftersom de var från din skola. Efter det förändrades du. Du fick tillbaka glimten i ögat.

Jag lyssnar nyfiket och spänt utan att kunna erinra mig händelserna han talar om.

– Det var två bröder och flickvännen till en av dem. Du lyckades genom kontakter på skolan och nätet få tips om en fest alla tre skulle vara på. Du fick en adress och en tid. Från köket tog du tändstickor, och från garaget min bensindunk och begav dig till festen. Du startade en brand och fem tonåringar miste livet inklusive en av pojkarna och hans flickvän. Du stannade utanför huset och såg på lågorna och de panikslagna ungdomarna.

– Nej, nu hittar du på. Jag kan inte ha gjort detta.

– Jo, min käraste dotter, det har du och du stannade kvar även när räddningstjänsten kom. Polisen fick gripa dig och kontakta mig.

– Varför gör du såhär mot mig?

Jag sjunker i min förtvivlan och tårar. Det svider i mina ögon och över kinderna. Jag försöker läsa av hans ögon om han talar sanning men jag är ur balans. Han kramar mig hårt för att hjälpa mig sluta darra och lindra min panik. Det fungerar. Min pappa är och har alltid varit min hjälte. Varför utsätter han mig för detta?

– Jag gör såhär för att du måste minnas, bearbeta och bli frisk.

– Men var är jag då? frågar jag och kippar efter luft.

– Jo, du blev tvångsinlagd på psyk.

Jag kan inte tro mina öron. Det blir mer och mer absurt ju mer han berättar. Han menar att jag efter branden hade behållit lugnet, varit ganska kall och känslolös till skillnad från perioden mellan våldtäkten och branden. Ja till slut fick han fram ordet ”våldtagen”.

– En vecka innan rättegången gjorde jag misstaget att lämna dig ensam hemma. Du tog tillfället i akt och tände eld på dig själv. Du tände eld på dig själv. Minns du det? Du satte för fan fyr på dig själv!

Han verkar känna behov för att upprepa sista meningen. Behov att få utlopp för sina känslor som mest består av skuldkänslor om jag känner min far rätt, vilket jag gör. Han gömmer ansiktet i handflatorna efter sista meningen och skakar på huvudet. Sedan viskar han den sista meningen för sig själv "Du satte fyr på dig själv Emma". Han är övertygande men jag förstår fortfarande inte varför jag inte minns något och varför alla insisterar att kalla mig Emma.

– Läkarna säger att händelserna har varit så traumatiska för dig att du har förträngt dem. Det är en självförsvarsmekanism för att inte känna smärta. Dessa minnen är dissocierade, säger min pappa och tittar därefter snabbt på kvinnan som nickar bekräftande. Du har intagit en annan personlighet, en Emmy som inte existerar. Du känner inte ens igen dig själv i ett foto av dig.

– Du menar den blonda tjejen med vovven?

– Vill du beskriva hur du ser ut? För första gången deltar kvinnan i samtalet.

Hon är närmre oss nu och presenterar sig som en psykolog på inrättningen. Hon kommer tydligen att ansvara för min vård. Min pappa verkar redan känna till den för mig nya informationen. Jag lyder och gör en kortfattad beskrivning av mitt utseende. Lagom lång och lagom vikt, brunt lockigt hår och mörkbruna ögon. Ett annat foto läggs fram. Tjejen är brunett. Det är jag.

– Nej, det är den flickan som var med vid övergreppet. Enligt din redoviselse för polisen skulle hon ha stått och tittat på medan killarna våldförde sig på dig, förklarar doktorn samtidigt som min pappa är tyst och har blicken ner i golvet. I dagsläget kan jag inte med säkerhet påstå att jag vet varför du har anammat en av förövarnas person och gjort den till din egen, men vi kan ta reda på det och hjälpa dig att minnas och bli dig själv igen, fortsätter hon i samma monotoniska röst.

Jag vill ha en spegel. En spegel skulle bevisa för mig att de har fel. Den skulle avslöja deras lögner och förstöra deras nästan perfektkonstruerade spel. Till och med mina närmaste har vänt mig ryggen. Min pappa påstår att han måste gå ut eftersom han inte klarar av detta. Jag tror att han vill gå ut av den enkla anledningen att han inte vill visa sitt ansikte när sanningen har kommit fram. Han är ute ur rummet och två andra från personalen går in, varav en är den bekanta mannen. Jag får en rysning i hela kroppen när jag ser honom. Doktorn ger mig ett förberedande råd innan hon låter mig få en rund spegel.

– Du fick brännskador när du tände eld på dig själv. De var så allvarliga att du fick ligga på intensiven i flera veckor. Det var ett mirakel att du överlevde. Jag berättar det för att du inte ska bli chockad. Okej? Så titta helst på ögonen. Är de bruna som du påstår?

Jag lyfter upp spegeln framför ansiktet och blundar i samma ögonblick som jag möter en missbildad figur som tittar tillbaka på mig. Jag hann ändå se dem. Mina ögon är blå.

17

Det är kanske inte så hemskt som jag får det att låta. Första samlaget sker varken under tvång eller under våld. Tvärtom, omständigheterna är väldigt kontrollerade. Det nya parets första samlag sker under de äldres bevakning. Samma människor som har bestämt reglerna och som upprätthåller dem. Samma människor som på en imaginär målarduk målat en flod där allas öden flödar i samma spår och rinner ner i samma hav. Väl i havet är man fri att resa upp sitt segel och segla åt vilket håll det behagar. Havet är dock stort och de flesta väljer att slå ner sina ankare i närheten av de andra båtarna. Majoriteten väljer att segla runt i omslutna cirklar för att sedan ta över rollen som äldre och leda nya båtar ner till det stora blåa havet där alla är lyckliga och underställda gruppens intressen. Men lyckliga är de ändå.

Bevakningens främsta syfte är att tillförsäkra att samlaget blir fullföljt och därmed öka chanserna till graviditet. Det handlar på samma sätt som allting annat om överlevnad. Om mänsklighetens överlevnad som släkte. Det gäller att ta till de medel man har att förfoga över; alltså killar och tjejer som är förmögna att producera fler individer. Många graviditeter dröjer. Andra misslyckas när de resulterar i missfall eller dödfödda foster. En del mammor avlider under förlossningen eller kort därefter, likaså barn som somnar in under första levnadsåret. De små liven härdar inte alltid ut under de drastiska omständigheterna som råder mellan säsongsväxlingarna från ljustiden till dunkeltiden och vise versa. Dödligheten är hög och medelåldern är låg. Det manliga könet är det dominerande bland nyfödda. Enbart vart fjärde nyfött barn är av det kvinnliga könet. Ännu ett störningsmoment i den storartade förökningsplanen.

Medan de vuxnas åtagande är att bevaka samlagsceremonin är ungdomarnas att lära sig. Unga på gräsen till sexmognadsåldern får närvara på ceremonin för att lära sig inför sitt eget annalkande umgänge. "Får närvara" är i själva verket en förminskning av den plikt de har. Det är obligatoriskt för ungdomarna att vara närvarande när det bestäms att det är deras tur. Så tidigt som när barn börjar lära sig laga mat, sy eller ta hand om byns djur, lär de sig också om sina sexuella förpliktelser. Till skillnad från hur det uttrycks i böckerna från förr, som jag ägnat mycket tid åt att läsa, är sexuellt umgänge i min värld ingen privatsak. Inte heller är det tabu att tala om det, och det associeras inte med vare sig kärlek eller lust. I den nya världen, Dunkeltiden, är sexualitet berövat all sin känsloanknytning. Det är blott en praktisk syssla som blir obligatorisk när pojkars och flickors kroppar är mogna nog att skapa barn. Ändock förmår jag mig inte att undvika mystikkänslan kring det.

Jag minns mitt första samlag. Inte som jag har utfört, utan som mina ögon har bevittnat för första gången. Det var Rytons, min bästa vän och i förväg utsedda partners allra första gång också. Paret som skulle få uppleva sin debut var vänner till oss. De var i vår egen ålder och därför visste vi att vår premiär var endast ett stenkast bort. Ytterligare fyra ungdomar och tre äldre var närvarande. I den mån det går ska uppfostransansvariga närvara vilket var möjligt den här gången.

Jag och Ryton satt spända på våra platser i ringen som hade bildats runt debutparet. Alla satt på golvet i en av de finare barackerna vi hade byggt ett par år tidigare. Sittunderlaget var varken mjukt eller bekvämt. Det unga paret i mitten som satt rakt emot varandra var iklädda likadana, tunna klänningsliknande klädesplagg. Deras för övrigt nakna kroppar skönjdes under dem. Inom loppet av några sekunder tittade de bara varandra i ögonen och tillförsäkrade sig varandras gillande. Emellanåt kastade någon av dem nervösa blickar mot den tysta omgivningen. En av de äldre harklade sig när de båda dröjde med initiativet att påbörja akten. De förstod att det var dags att inleda traditionsenligt med att hålla handflatorna mot varandras axlar för att därefter låta dem ömsint glida ner över bröst, mage och slutligen könsorganen. Jag kunde se hur hon skälvde när hans fingrar försiktigt smekte hennes underliv. Jag såg hur hans bröstkorg häftigt hävdade sig upp och ner med varje andetag när hon gned sin kropp mot hans. Jag minns hur de låg på golvet jämte varandra och rörde sig rytmiskt till icke existerande musik som en enda kropp. Jag minns hur deras stönanden fyllde hela skjulet och fick vartenda hårstrå i min kropp att resa sig.

Ambivalens bakom lås och bom

Här står jag igen. Ensam och blottad för dessa alltid vakande kameror. Korridoren är oändligt lång, verkar det som i alla fall när jag tittar åt vänster och sedan åt höger. I mitten står jag och kan inte bestämma mig åt vilket håll jag ska gå. Det finns inget som tilltalar mig att välja sida. Väggarna är lika mjölkvita vart jag än tittar. Lika tråkiga som jag minns dem vid min första vistelse här. För att lätta upp stämningen har man hängt upp tavlor lite varstans. De föreställer geometriska figurer som har fått min uppmärksamhet många gånger. Jag förstår mig inte på den sortens konst, om det nu kan kallas konst. Är det hav, skog eller bådadera? De små figurerna ska bilda en helhet som jag har svårt att se. Färgerna i tavlorna har börjat tina bort efter årens slitage, precis som allt annat på det här konstgjorda stället. Väggarna, golven, möblerna och likaså människorna förlorar sin glans när de kommer hit.

Jag står kvar orörlig på samma fläck i mitten av den långa korridoren. I tystnad ber jag att gudarna, naturkrafterna eller fängelsedirektören ska visa mig den rätta vägen. Väntan på att något ska tala om var nästa steg bör leda mig börjar bli outhärdlig. Jag känner mig löjlig och värdelös. Bortglömd och övergiven av allt vad jag tidigare hade trott på. Hur har jag hamnat mellan dessa livslösa murar? När jag var liten fantiserade jag inte direkt om att tillbringa mina dagar på en anstalt. Mitt umgänge kretsade inte kring kriminella, missbrukare och plitar. Jag skulle bli något annat. Något stort. Jag skulle bli jurist, närmre bestämt åklagare. Än idag kan jag när jag blundar se mig själv gå i domstolens lokaler med ett par svarta högklackade skor, så att alla hör när jag kommer. Min svarta kavaj sitter smakfullt, till skillnad från mina nuvarande kläder, och jag ser elegant ut med min självsäkra gångstil. Min närvaro skulle kunna få allting att gå i ultrarapid frekvens och andra personer skulle inte kunna slita blicken ifrån mig.

Författare skulle jag också bli. Jag skulle debutera under mina ungdomsår och bli en förebild för tusentals andra drivna ungdomar. Min arbetstid skulle handla om att skipa rättvisan, medan min fritid skulle ägnas åt att projicera berättelserna i mitt huvud på papper. Alla hundratals mumlande röster i mitt inre skulle få varsin karaktär och släppas ut i verkligheten. De skulle inte förbli fångade inuti min skalle såsom jag är fångad här. Men så blev det ändå. Rösterna lever kvar i mitt huvud och jag lever kvar i min verklighet, och ingen av oss har fått säga vad vi vill ha sagt.

Ljudet av en nyckel som vrids runt i ett nyckelhål för att låsa upp ekar i den för övrigt tysta korridoren. Det åtföljs av det ljuvligt störiga ljudet av en skramlande nyckelknippa. En lång man, runt 1,90 skulle jag gissa på, iklädd blå uniform går med tunga steg mot mitt håll. Det är Magnus. Den alltid prydliga Magnus. Ljusblå skjorta som matchar hans ögon och en omsorgsfullt knuten slips. Ovanpå skjortan har han en marinblå natotröja. Hans bakåtkammade och i tinningarna gråaktiga hår ger honom en extraordinär charm. De havsblåa ögonen belyser även de mörkaste rummen. De borrar hål i min själ varje gång de tittar på mig med sina djupa och fokuserade blickar. Hans fåordighet gör honom ännu mer mystisk och intressant att lära känna. Men murarna som omringar honom är mer solida än betongväggarna som håller mig kvar här.

När han går förbi kastar han en snabb blick på mig. Våra ögon möts och han nickar kort som en hälsning i förbifarten. Jag anar spår av ett leende på hans läppar. Innan jag hunnit forma mitt leende och nicka tillbaka har han hunnit försvinna bakom en järndörr som smäller igen bakom honom. Jag får en långdragen rysning längst ryggraden och inser att jag faktiskt fryser.

Magnus är en av flera vakthavande befäl som jobbar här. Som jag har förstått det vilar ett stort ansvar på deras axlar och därför har de alltid bråttom. Inte har Magnus tid att småprata med lilla vanliga mig. Att han inte har tilltalat mig gör således inget. Jag överlever på hans intensiva blick i några dagar framöver.

Fortfarande har jag inte bestämt vilken väg jag ska gå. Över en minut måste ha passerat. Varför är det så svårt att välja? Snart överlåter jag makten åt mina fötter att ta mig dit de vill, annars kommer jag att se ut som den största idioten på fängelset i övervakningskameran. Om jag bara kunde få ett tecken från ovan. Någon barmhärtig där ute? I samma stund som jag tänker färdigt tanken hör jag två knackningar som låter avlägsna. Eller var det bara i mitt huvud det lät? Nej, nu hör jag två knackningar till som bryter tystnaden som omringar mig. Snabbt lyckas jag lokalisera var de kom ifrån. Jag vänder mig till höger och tar ett steg framåt.

Bakom en glasförsedd dörr står en kvinna med tjocka gråa strumpor på fötterna. Hon bär en V-ringad blå kortärmad tröja, och ett par gråa joggingbyxor. Både tröjan och byxorna är urtvättade. Det blekgula håret låter hon falla slarvigt över axlarna. Av hennes kroppsspråk att förstå verkar hon vilja ha hjälp med något. Plikten kallar! Jag rätar på ryggen, upp med hakan och går fram till kvinnan med balanserade steg. Jag måste bära upp min uniform med stolthet. Anstränger jag mig lite mer lyckas jag tvinga fram ett leende också. Sådär! Nyckelknippan skramlar i min hand när jag tar fram den från byxfickan där mina nycklar vilar i tryggt förvar. De hänger i en stålkedja som är fastspänd i en av skärpöglorna i mina uniformbyxor. Den intagne backar några steg när jag låser upp och öppnar dörren. Jag är inte farlig, tänker jag. Hjälper inte den blåa uniformen? Jag har hört att man helst ska bära en blå överdel om man blir kallad som vittne på en rättegång. Blå färg inger nämligen förtroende. Sedan jag började jobba inom Kriminalvården har jag undrat om det är därför våra uniformer är blåfärgade, men aldrig vågat ta upp ämnet. Alternativet är att de är blåa för att de ska matcha Magnus ögonfärg. Hur som helst får jag kanske le mer om inte min himmelsblåa skjorta kan få intagna att känna förtroende för mig. Visa lite tänder sådär så att det inte går att missuppfatta att jag ler, men inte för mycket tänder så att kvinnan tror att jag vill äta upp henne. Det gäller att hitta balansen. Allting är en balansgång när man befinner sig på insidan.

Kvinnan önskar ha ett samtal med sin kontaktman. Jag frågar efter hennes namn och vem kontaktmannen är. När vi får in nya intagna titt som tätt är det svårt att hålla reda på alla namnen. Vissa har jag dock rätt så bra koll på eftersom de är långtidsintagna och har inte blivit flyttade sedan jag började för några månader sedan. Samtidigt tar jag fram en beläggningslista ur min ficka för att kontrollera hennes uppgifter. Jag har inte bristande tillit till henne och inte heller är jag en kontrollfreak. Enda anledningen till att jag ibland känner behov av att dubbelkolla några saker är att jag vill undvika misstag nu när jag ny och sårbar. Det handlar mer om min inre osäkerhet än om tilliten till intagna och kollegor för den delen också. Ganska snabbt konstaterar jag att hennes kontaktperson är på semester och väntas åter fyra dagar från idag. Ett par bekymmersrynkor bildas mellan hennes ögonbryn.

– Det finns kanske något jag kan hjälpa till med? Frågar jag vänligt utan att glömma smilet på läpparna.

Det gör det. Yes! Någon behöver mig. Jag kan göra lite nytta.

Jag föreslår att vi går in på personalexpeditionen för att tala ostört och Minna följer efter mig när jag beger mig ditåt. Fortfarande är hon tveksam till kontakten med mig och är avståndstagande. Först när vi sitter på varsin sida av skrivbordet på expeditionen lägger jag märke till hennes smått darrande händer som årens missbruk har gett henne. Så fort jag fick veta hennes namn visste jag vem hon var. Hon kom in för ungefär två veckor sedan och de första dagarna tillbringade hon på observationscellen som i folkmun kallas isoleringen. Syftet med OBS är inte att isolera de intagna, utan att ha de under ständig övervakning för att de inte ska skada sig själva eller andra. I Minnas fall handlade det om att hon inte skulle skada sig själv. Hon uppvisade tecken på drogpåverkan samt suicidrisk vid inskrivningen. Drogtestet bekräftade misstankarna i den delen, men för suicidrisken har vi inget säkert instrument att mäta med. Screeningsfrågorna är lättare att manipulera än ett urinprov och därför gillar jag inte att göra den biten. Bedöma självmordsrisken utifrån tre frågor och sedan bära ansvaret för någons liv.

Det hårda levernet har lämnat djupa rynkor i Minnas sett till åldern inte så gamla ansikte. Den nätta kroppen som hon bär, eller som bär upp henne, är inte äldre än fyrtiosju år gammal. Vid en första blick skulle man dock kunna tro att hon har nått pensionsåldern för flera år sedan. All negativ energi i omgivningen verkar dras in till hennes karaktär för att göra den ännu mera dyster. Gulnande och halvtrasiga tänder uppenbarar sig bakom hennes torra läppar när de särar på sig för att börja tala. Rösten är svag och inger osäkerhet. Den ger vika efter ett par ord men hon harklar sig och börjar om på nytt med stadigare röst och med tydligare ord. En kämpe. De första positiva dragen jag ser i henne.

Få meningar senare börjar jag förstå vart vårt samtal är på väg. Minna kommer att kräkas ur sig all sin frustration. Jag kommer att få torka upp allt för att få henne att må bättre. Jag vet däremot att min torktrasa inte duger. Den är sliten och stora bitar av sanningen kommer att ta sig igenom de stora hålen för att klamra sig fast vid henne. Verkligheten kan jag inte få att se renare ut, så jag sitter tyst, lyssnar och nickar då och då. Ännu en gång blir jag påmind om min hjälplöshet. Vad gör jag här egentligen?

Nu har hon talat färdigt och väntar på feedback från mig. Jag måste säga något klokt och vuxet. Jag måste knåda ihop något professionellt men tiden är inte på min sida. Är jag tyst längre än några sekunder blir det underlig stämning. Därför öppnar jag truten utan vidare eftertanke och uttrycker det som rör sig i min hjärna.

– Det förflutna har du ingen makt över. Det bästa du kan göra är att blicka framåt och fokusera på att må bättre istället för att älta saker som redan har hänt.

Toppen nu gör jag henne maktlös också. Hon tittar intensivt på mig. Jag måste säga något mer för att förtydliga vad jag menar.

– Det är nu du har möjlighet att lämna missbruket bakom dig och gå i behandling. Det gamla livet kan du också bryta upp med och starta ett nytt liv på dina egna villkor när du kommer härifrån. Vi kan ge dig verktygen för det om du vill ta emot dem.

Allt eftersom jag talar blir jag säkrare i mig själv. Jag tror faktiskt på det jag säger. Hon tar upp min relativt låga ålder. Vad vet jag om hur livet fungerar? En sak har jag däremot rätt i, anser hon. Det är dags för förändring. Minna frågar med entusiastisk nyfikenhet vad jag menar med att hon kan gå i behandling. Med lika stor entusiasm börjar jag berätta om vilka olika behandlingsprogram vi kan erbjuda, samt tar fram några programbroschyrer från byrålådan och räcker över till henne. Jag ger henne en stund att titta igenom dem.

Dysterheten som hade omringat henne skingras bort en aning. Rummet vi sitter i känns mer upplyst och inte så tråkig. Det är i själva verket en helt okej expedition. Ett stort arbetsbord i ljust trä med en dator och en del kontorsmaterial på. Till vänster om skrivbordet hänger ett vitt skåp med intagnas mediciner och andra privata tillhörigheter som de inte får inneha i egna rum. Under skåpen finns en liten byrå i samma färg som skrivbordet där några viktiga pärmar ligger. Bland dem finns en pärm där man skriver in när intagna har tagit en medicin, och en annan med etiketten "Vaktlista" där man flera gånger under dagen skriver in antalet intagna. Det är ganska organiserat här och man hittar lätt vad man söker. Ljust och öppet är det också då stora fönster vetter ut mot avdelningen. Även dörren till expeditionen är försedd med glasskivor.

När Minna har tittat färdigt i broschyrerna frågar hon om hon får behålla dem. Självklart! Hon tackar kort och lämnar expeditionen för att dra sig tillbaka till sitt rum. Hon är inte den typen som umgås med andra, varken intagna eller kriminalvårdare. Lämna rummet gör hon när hon måste, det vill säga när hon ska äta, duscha eller uträtta ett annat ärende. Hon borde lämna rummet för att ta sin antidepressiva medicin också men det vägrar hon göra. Att inte ta sin medicin har vi som jobbar tolkat som en tyst protest mot sin situation. Hur hon i själva verket tänker vet vi inte.

Jag inser att jag har slutat för dagen och beger mig mot personalrummet för att ta mina tillhörigheter och köra hem. Dörren till expeditionen är låst. Kontrollerar en gång till. Den är låst. Halvvägs ut ifrån anstalten efter första stängslet minns jag en lapp i fickan som jag skulle lämna över till en kollega. Jag suckar och vänder tillbaka. En övernaturlig kraft vill inte låta mig komma ut härifrån, tänker jag. Väl inne får jag veta att den efterlyste kollegan sitter på expeditionen och jag rör mig ditåt med tunga steg. Det kurrar i magen av hunger och det blir inte bättre av matdoften i hallen. Det är snart middagsdags för våra intagna. När jag stiger in på avdelningen möter jag Minna som är på väg ut ifrån expeditionen. Hon ler och nickar lätt mot mig. Jag uttalar ett svagt *"hej"*. Håret har hon satt upp i en knut, men det är något mer som känns annorlunda i henne. Jag kan dock inte sätta fingret på vad.

– Minna har tagit sin medicin, säger kollegan förvånat när jag går in till honom.

Jag har inget mer att säga än ett kort *"jaha"*. Han menar att något måste ha fått henne att tänka om. Är det möjligt att det är vårt tidigare samtal som gjort det? Kan människor ändra ställning så fort? Jag berättar för honom om vårt korta samtal och han anser att det var bra gjort av mig att informera om våra program. Det tycker jag med.

Många dörrar och två järngrindar senare sitter jag i min bil. En timmes lång resa hemåt väntar men det gör mig ingenting. Att få jobba här är värt pendlandet. Jag kör ut från parkeringen och svänger vänster ut mot gatan. I backspegeln ser jag hur anstaltens flera byggnader blir mindre och mindre tills de försvinner helt när jag svänger på nytt. Två lediga dagar har jag framför mig men det enda som rör sig i mina tankar är hur mycket Minna kommer att utvecklas under de två kommande dagarna.

Jag vevar ner rutan och andas in doften av jorden efter nytt regn. Den är underbar. En känsla av nöjdhet och lugn infinner sig. Något säger mig att Minna kommer att klara sig utmärkt.

18

På sidorna av en gata utan slut reser sig ståtliga fasader, några är högre än andra och några med inristade ord. Jag närmar mig en av fasaderna försiktigt. Den är täckt av svart stoft och ser ut att falla ner vilken sekund som helst. Varsamt stryker jag över orden med handflatan och en längre text uppenbarar sig. Jag blåser bort stoftet och börjar läsa.

Rymdinstinkten

– Det är inte sant! Du menar inte allvar. Ditt jäv...

– Varför skulle jag ta dem? Varför skulle jag ta dem?

– Jag sa till dig!

– Du sa ingenting!

– Det är inte sant.

– Jag minns inte att du sa något.

– Skojar du med mig?

– Nej, ser jag ut som om jag skojar?

– Jag visste det...

– Vadå?

– Att du skulle orsaka vår död!

– Vi är fan inte döda!

– Nej men snart så!

Han får lust att slå henne. Att slita av henne hjälmen och slänga iväg den. Se henne kämpa för att få luft. Ögonen blöder. Öronen blöder. Huvudet sprängs i luften som en ballong som i tecknade filmer, men han vet att det inte blir så. Vill han se hennes hjärna sprida sig över hela planeten måste han göra mer än att ta hennes hjälm och mer än att slå henne med bara sina händer. En hammare! Tanken att han borde ha tagit med sig en hammare gror i hans tankar. Innan att han ens hinner blinka har det som i början sett ut som en hammare förvandlats av hans hjärna till en motorsåg. Han är dock inte så våldsam. Inte så omänsklig. Eller?

Hon går med raska steg tillbaka till rymdstationen. Dunkandet på dess väggar hörs på långt avstånd. Det är faktiskt det enda som hörs. Inte ens vinden blåser på den här planeten. Hon bankar desperat på porten till stationen och försöker ta sig in. Hon hade sett ilskan i hans ögon. Hon hade sett ondskan och det gör henne rädd ända in i ryggmärgen. Men nej. Han är väl inte så arg. Han är väl inte så omänsklig. Eller? Faktum är att hon har glömt "nycklarna". De säger nycklar men det är egentligen en elektronisk öppningsanordning bestående av en nyckelbricka, ett kort som används tillsammans med personligt kod samt en skruvmejselliknande laserstav. Den sistnämnda anordningen är att använda vid absoluta nödfall, som nu till exempel om den inte hade varit försvunnen den med. Den klumpiga tjejen. Han borde aldrig ha litat på henne och låtit hans liv vila i hennes händer, bådas liv. De händerna har orsakat mycket olycka förut. Inget hindrar att de skapar det nu också.

De sitter utanför det enorma metallhuset som har varit deras hem i snart tre månader. Ingen annan på planeten. Ingen smed att ringa och inga föräldrar att dra sig till. Ingen granne som man kan låna en mobil ifrån och inget tak att skydda sig under. Deras enda kommunikationsmedel med omvärlden håller på att ladda ur. Basstationen på jorden har ingen makt. De kan inte anordna ett räddningsuppdrag på så kort tid. Även om beredskapen är hög är chansen väldigt liten, ganska obefintlig, att räddarna hinner fram innan de två övergivna astronauterna är döda, skulle inget hjälpfartyg sändas ut i rymden för deras skull. Att satsa flera miljoner på att hämta hem ett par lik som med slarv orsakat sin egen död och förstört forskningsuppdraget är PRU inte intresserade av. Den främmande planeten får bli deras grav.

De är ensamma och är så gott som döda. Deras familjer kommer få höra fina lögner om hur deras sista tid hade varit. Hon önskar att hennes barn skulle få höra att hon var en hjälte. De femåriga tvillingarna har alltid varit stolta över mammas yrke. Alltid nyfikna och exalterade att höra nya berättelser om rymden efter hennes färder. Mindre glada varje gång hon skulle lämna dem på en längre expedition, men hon har alltid lovat dem att komma tillbaka. Hon har alltid kommit tillbaka. Den här gången är det dock osäkert om hon kommer få se deras leende ansikten på nytt. Det gör ont i hjärtat när hon tänker på vad hon har prioriterat i livet och att det blir orsaken till att hon aldrig mer kommer få krama sina älsklingar. Tröstande tänker hon att deras pappa kommer ta hand om dem. Han har alltid varit en kärleksfull och ansvarstagande far. Han har varit kärleksfull mot henne också. Endast i hans närhet kunde hon känna sig älskad och uppskattad. Han vet säkert hur mycket hon älskar honom. Det kommer hon göra efter sin död också.

Det har gott flera timmar. Ännu fler minuter och oändligt många sekunder. Han börjar bli hungrig. Hon andas djupt och tungt. Han hör hennes andetag och känner hjärtat som rusar frenetiskt.

– Det är ditt fel. Det är ditt fel. Det är ditt fel, säger han ilsket.

Hon reser sig häftigt. Springer iväg några meter och ropar högt:

– Ja det är det! Kom och ta mig. Kom och döda mig då!

Han är enormt trött. Av den anledningen, och endast den anledningen, låter han bli att gå mot henne.

Kanske flera dagar har gått. Ingen vet hur länge de hade suttit där i tystnad och rädsla. Ingen vet om de kommer att överleva. De vet dock att de inte kan överleva länge till. Hur ofta får man chansen att beröva annan livet utan att få straff för det? Hur ofta kan man göra det utan att behöva leva en hel livstid i plågor på grund av det? Tankarna leker åter i hans hjärna. Djuriska instinkter tar över honom. Eller är de mänskliga egentligen? Han känner sig som en vulkan som kommer att explodera. Som en hungrig tiger och bytet bjuder in honom. Stora kliv som ett djur.

På alla fyra tar han sig ylande mot henne. Hon blir som förstenad. Det kan inte vara verkligt. Han ser ut som ett djur. Han beter sig som ett också. Det är över, blir hennes sista tanke innan hon blundar och försöker intala sig att hon hallucinerar. Det förblir tyst och hon öppnar ögonen.

Där står han med en blank nyckel.

– Vad? Var det hela ett skämt?

– Nee... Du måste ha tappat dem, svarar han och tittar entusiastiskt på henne. Jag snubblade över dem för en stund sedan, fortsätter han.

De hade inte kunnat urskilja nycklarna på planetens glansiga yta. De hade smällt in perfekt. Hon ler och ser mänskligheten i hans ögon komma tillbaka men innan hon hinner bli helt säker börjar han springa i väg mot rymdstationen. Så fort som hon aldrig hade sett någon springa tidigare. Hon förstår. Fötterna rör sig automatiskt mot hans håll. Han hinner före, går in och låser. Och där står hon och bankar på dörren. Bankar så hårt hon kan, och han ler. Ler så brett han kan.

19

Värmen gör mig utslagen. Min kappa har jag packat ner i min ryggsäck. Jag går barfota en kortare sträcka. Snart kommer jag till insikt om vilken dålig idé det hade varit. Den uppvärmda asfalten av solens aldrig sovande strålar bränner under fötterna. Jag tar på mig skorna som börjar bli väldigt slitna och fortsätter min färd längre in i staden. Höghusen som jag hade sett från stranden och som kändes så avlägsna omringar mig nu. Det högsta av dem får jag till tjugo våningar. De har klarat sig undan ödeläggelsen relativt bra. Utöver krossade fönsterrutor, vattenskador och några helt raserade ytor står många av byggnaderna fortfarande upp. Andra mindre motståndskraftiga hus hade fallit ner till marken med alla sina våningar. Marken är full av stora block och små stenar. Jag har en regel att aldrig rota under ruinerna eftersom jag inte vill få några överraskningar. Människo- och djurkvarlevor är inte trevliga att se på. Ansiktsuttrycken på människor som har brunnit levande kan stanna kvar som ett minne för världen om den fruktansvärda smärtan elden orsakar när den berövar ett liv.

I fjärran hör jag otydliga ljud. Är det fotsteg? Och prat? Jag ser mig omkring och lyssnar noga. Endast vindens sus hörs. Min ensamhet har fått mig att höra röster, eller har den också berövat mig förmågan att känna igen mänskliga röster. Det kan inte vara djur som orsakat oväsendet. Så långt jag har observerat det finns inget som tyder på djurliv här. Vatten har jag inte lyckats finna, växtlivet är obefintligt och inte heller spår efter växter eller fallande träd har jag identifierat. Den här forna staden måste ha varit en av alla städer som hade rests upp långt bort ifrån naturen, eller på bekostnad av den.

Min nyfikenhet sliter mig i två delar. Den ena delen vill bege sig snabbt dit oljuden kom ifrån och ta reda på vad som orsakade dem. Andra delen vill ta sig in i de imponerande starka byggnaderna och utforska insidan. Jag spetsar öronen sökandes efter fler ljud. Ingenting. Jag är trött, hungrig och törstig.

Framförallt är jag varm och är i behov av ett skydd mot solen. Jag låter andra sidan som vill söka igenom husens insida vinna den här gången. Jag går in i det närmsta huset ett par meter till vänster om mig. Det är ett av de lägre. När jag går in genom ett hål i husets kortsida möts jag av ruiner och en trappa med breda trappsteg av betong. Efter en snabb överblick bestämmer jag mig för att gå uppför trapporna till andra våningen. Är jag försiktig så trampar jag på rätt ställen, annars kan det kosta mig livet. Det kan även kosta mig ett par brutna ben eller en tids medvetslöshet. Jag är inte sugen på något av det och tar mig sakta uppåt. Jag måste känna efter med foten så att jag har en solid grund att stå på.

Utan förvarning hör jag en röst ropa bakom mig. Den säger något om att trapporna är säkra men jag uppfattar inte alla orden. Jag blir desorienterad och för en kort stund rädd. Hastigt vänder jag mig och lägger märke till att jag har dragit ut mitt vapen. Ett svärdsliknande stickvapen gjort av metall med ett trähandtag. Det är lätt att bära och svinga runt med, men samtidigt väldigt slagkraftigt. I öppningen där jag hade gått in står två människor. Solen som lyser starkt bakom gör att de framträder som två svarta figurer. Jag är fortfarande på min vakt med vapnet höjt framför min kropp i skyddsställning. Min kropp har fortfarande inte bestämt sig för hur den ska reagera. Ska den inställa sig på flykt eller strid? Eller ska jag kommunicera med dem istället? Det är trots allt inte så att jag aldrig träffat människor i mitt liv. Jag har bara inte träffat någon på rysligt lång tid.

Den ena av dem tar akt och förklarar att det inte varit deras avsikt att överrumpla mig. En kvinnlig röst. De kommer längre in i lokalen och jag kan se deras ansikten. Jag sänker mitt vapen, men är fortfarande på min vakt. Redo att fly eller attackera om det skulle bli nödvändigt. Tjejen som hade pratat tidigare lägger ifrån sig en tygsäck som ser tung och klumpig ut på golvet. Hon går fram och betraktar mig med forskande ögon i några sekunder, och frågar därpå om mitt namn. Kan jag fortfarande uttala mitt namn? Jag får inte chansen att ta reda på det eftersom någon annan uttalar mitt namn.

– Lida? säger en man.

Flera ansluter till gruppen.

– Lida! upprepar han mer förvånat än frågande den här gången.

Jag trycker mig hårt mot väggen som om det skulle få den att öppna sig och ta emot mig. Skydda mig. Det hugger till i bröstet av obehag när jag får syn på mannens ansikte. Mannen som kände igen mig känner jag igen.

Vill bli hel igen

Vad finns det kvar av en människa som har förlorat sin ena halva? Jo, en halva! Man blir aldrig hel igen. Aldrig känna någon fullständig lycka för att man inte är fullständig, ena halvan saknas ju. Aldrig satsa allt för att man inte har allt, hälften är ju redan förlorat. Aldrig kunna älska helhjärtat för att hjärtat inte är helt längre. Aldrig kunna leva livet fullt ut eftersom man är till hälften död, och vad är ett liv som inte levs? Att vara eller att inte vara! Jag har sumpat mina möjligheter att vara så jag väljer att inte vara.

Min bror skulle inte ha gillat att jag står på taket på ett tolvvåningshus om han hade varit här. Men han är inte här. Min bror, min tvillingbror, finns inte bland människorna längre. Han lämnade oss, lämnade mig, och reste bort till en bättre värld. Jag försöker hålla fast vid tanken att han befinner sig i en parallell värld. Vissa kallar den himlen andra säger främmande dimensioner och det finns även de som inte tror överhuvudtaget på ett liv efter döden. Jag däremot måste tro. Jag behöver tro att hans själ, hans inre väsen, lever vidare och längtar efter den dagen då vi kan träffas igen lika mycket som jag gör. Jag saknar honom något obeskrivligt. Det var alltid jag och han. Vi två var en, något som inte borde ha förändrats. Något som kommer att återställas.

Vinden blåser ovanligt lätt ikväll som om den är rädd för att blåsa bort det som finns kvar av mitt forna jag. Himlens alla stjärnor tittar ner med nyfikna glittrande små ögon. Med utsträckta armar väntar träden som har klätt av sig sina löv inför ännu en skoningslöst kall vinter att få omfamna min fallna kropp. Stadens belysning berättar en historia om ett ljus som har undertryckts bakom mörkret. Dit, till ljuset, kommer jag om jag hoppar. Polisbilarnas roterande blåljus fungerar hypnotiserande. Det kommer nog inte dröja länge till förrän jag får sällskap av några marinblåklädda män som kommer att försöka få ner mig från mitt torn. Folksamlingen tolv våningar under mig tilltar med flera poliser och gula ambulansbilar. Jag låter en tår falla ner när jag känner hur främlingarnas brännande blickar skapar hål i mig, och jag kan nästan höra deras viskningar; varför gör han så? Kommer han göra det? Stackare! Idiot!

Idiot är jag utan tvekan. Endast två dagar efter att jag hade fått mitt körkort tog jag mammas bil och gav mig ut i snöovädret. Låt bli Jan! sa mamma. Du är fortfarande oerfaren och det är svårt att klara av halkan, sa pappa. Nej! sa jag. John följer med och han har redan körkort så vi klarar oss, insisterade jag. John hade klarat sin första uppkörning och fått sitt körkort fyra månader före mig. Ibland kunde jag glömma att han enbart var tre minuter äldre än mig av den anledningen att han låg steget före när det gällde det mesta. Han var den bättre halvan av oss två. Han tog ansvar både för sig själv och för mig. Önskar att han inte hade tagit ansvar för mina handlingar den dagen i februari för sju månader sedan. Den dagen då jag envist tog bilen och begav mig ut i stormen trots att jag inte borde ha gjort det. Den dagen då jag inte såg en ung kvinna med en barnvagn gå över gatan eftersom jag var distraherad av min glädje, och snön. Den dagen då min bror satt med mig i bilen när jag panikbromsade för att undvika att köra på den unga kvinnan med barnvagnen. Det var halt. Jag fick sladd. Bilen bakom hann inte bromsa. Vred på ratten. Mittrefugen. Upp och ner. Bensinlukt. Blåroterande ljus. Sjukhus. Jag beklagar men din bror klarade inte sig, sa doktorn.

Varje gång jag ser mina föräldrar i ögonen ser jag deras smärta, sorgen och hur de klandrar mig för att ha dödat deras älskade son. Därför har jag slutat att titta på dem och prata med dem. Jag har slutat köra bil, och åker inte bil överhuvudtaget. Rädsla och minnen! Jag står inte ut med skuldkänslorna längre. Mitt samvete gnager i min stjäl tills det inte finns något kvar, sedan startar det om igen. Jag minns inte längre varför jag går upp varje morgon och genomlider de oändligt plågsamma dagarna.

Min bror skulle inte ha låtit mig hoppa om han hade funnits här idag. Han skulle ha sprungit hit så fort han kunde utan att ens ta hänsyn till andra människor på hans väg. Han skulle ha förbrukat alla sina krafter för att klara av trapporna upp till mig. Väl framme skulle han ha räckt mig handen och bett mig att ge livet en chans till. Han skulle ha bett mig att inte hoppa, skulle ha ropat ut det högt. Om allt detta inte skulle ha hjälpt så skulle han ha hoppat istället för mig.

Men min bror är inte här idag…

20

Det måste ha gått flera år sedan vi sågs sist. Ryton är inte en ung pojke som jag driver med längre. Hans ansikte är beklätt med ett långt skägg som mynnar ut i en tunn fläta vid hakan. Skägget är mörkare än hans hår som är ljusbrunt. Det mörka skägget ger honom en hårdare och tuffare karaktär än den jag minns. Han har fått en rynka mellan hans grova ögonbryn. En bekymmersrynka? Vad är det som bekymrar honom? Han ser ut att ha det bra. Han lever ett jägarliv vilket syns på hans kroppsbyggnad som utstrålar styrka och tålighet. Styrka och tålighet är två viktiga överlevnadskomponenter i dessa skoningslösa tider. Att han verkar klara sig bra ger mig en känsla av tillfredsställelse. Under vår barndom lade jag ner många timmar på att lära honom svärdfäktning. Han var på god väg att bemästra som det ett proffs. Hans problem var att han hade svårt att använda vänsterhanden som vapenhand. Det var hans akilleshäl. Att använda båda händerna till alla sysslor har varit en självklarhet för alla jag vuxit upp med, men jag vet att i tiden från förr var man antingen högerhänt eller vänsterhänt. Inte särskilt praktiskt om den ena eller andra armen skulle komma till skada.

Mina försök att lära Ryton att skriva rann också ut i tomma luften. Han kunde läsa någorlunda bra innan jag begav mig iväg. Jag undrar om han fortfarande gör det. Höga skratt bryter ut runt matbordet. Det är Ryton och hans grupp som består av sju personer varav två barn. Det ena barnet, pojken, ser ut att vara i åldern om tio ljus- och dunkeltider, medan det andra barnet som är en flicka är mycket yngre. Hon skulle inte kunna vara över fem ljus- och dunkeltider. Jag hänger inte med i samtalsämnet men jag tvingar fram ett falskt leende på mina läppar. Mina ögon möter Rytons genomborrande blick. Trots att han skrattar utläser jag något annat i blicken. Jag slutar le och tittar ner istället. På det låga träbordet som vi har samlats runt har det dukats fram grillad kanin. Det är en av kaninerna som gruppen hade kommit hem med tidigare idag när de mötte mig. Fyra av dem inklusive Ryton var ute på jakt medan den femte vuxne hade stannat inne med barnen.

Denna kvinna med namnet Hevin som ser ut att vara i min ålder hade fått en kyss på läpparna av Ryton. Trots att alla andra var lika vänliga mot barnen var Ryton extra kärleksfull. Jag skulle gissa att det är hans barn. Pojken däremot är lite för gammal för att vara barn till Ryton och Hevin. Om jag frågar får jag svar men jag väljer att tiga igenom kvällen.

Utan förvarning hör jag mitt namn. Jag är så försjunken i mina tankar att det är det enda jag uppfattar. Det blir tyst i rummet och uppmärksamheten riktas mot mig. I tystnadens bakgrund hörs barnens skratt. Jag höjer frågande mitt högra ögonbryn och tittar på Ryton. Han upprepar sin fråga

– Vad har du gjort alla de här åren?

Jag besvarar hans fråga kort och koncist

– Inget speciellt.

Han tar en klunk vatten och stillar kamraternas nyfikenhet genom att börja redogöra för vem jag är. Han berättar att vi är uppvuxna tillsammans i en by som ligger väldigt långt härifrån. Han målar upp mig som en fantasifull rebell och berättar om mitt intresse för sagor av alla slag. Hevins fingrar slinker sig mjukt in i hans grova hand och flätar ihop sig med hans fingrar vars naglar har fått en gulnande nyans, samma som nyansen av Hevins naglar. Han besvarar gesten genom att krama om hennes hand ömsint. Minnena fortsätter att flöda i hans och min hjärna. Han berättar hur jag brukade samla våra kompisar och skildra de hundratals kärlekshistorier jag hade läst om i mina böcker. Hur hungrig jag var på livet. Han berättar också om mina skräcksagor med odjur och utomjordsliga varelser som fick de yngsta barnen att ligga vakna i sina sängar om nätterna. Nervositeten och obehaget släpper sitt tag om mig och jag dras med till en svunnen tid där jag och mannen framför mig var bästa vänner. Ju mer inlevelse han talar med desto mer surögd blir Hevin. Varje gång han nämner mitt namn eller ser på mig med sin fridfulla min pressar hon hans hand hårdare. Är hon svartsjuk? På mig och Ryton? Hade hon vetat vad vi som ungdomar lovat varandra hade hon inte blivit det.

Hans historier utelämnar stora delar av våra tidigare liv och vilken ordning vi var tvungna att lyda under: enformigheten och den oavbrutna lydnaden gentemot autoriterna som inte såg individerna. De såg endast en klump viljelösa skepnader som skulle överleva till vilket pris som helst. Även om priset innebar regelrätta övergrepp på gruppens ungdomar. Övergrepp som de kallade "parningsceremoni" för att högtidliggöra och avdramatisera deras hänsynslöshet. Han nämner inte heller varför och när han själv lämnade byn. Det ingick inte direkt i hans planer. Det var en av anledningarna till att vi skildes åt som ovänner. Han hade kallat mig förrädare och valt att stanna kvar när jag presenterade mina flyktplaner för honom. Jag kunde inte leva under den kalla avsaknaden av individualismen längre. Jag kunde inte ge min kropp till Ryton när jag inte kunde känna den passion jag läste om i alla mina böcker. Jag kunde inte tillbringa vår råa värld en människa till. Ryton kunde inte förstå mina anledningar. Här är han trots allt, och än har han inte förklarat för mig vad som har fått honom på andra sidan lojaliteten. Hevin? En del av mig är arg på honom och det är kanske därför.

Återigen vill de höra mig berätta om mina äventyr sedan jag försvann från hembyn. Jag meddelar att jag är trött och ursäktar mig. De försöker inte dölja besvikelsen jag har orsakat. Jag menar dock verkligen vad jag har sagt. Jag är trött i kroppen, i tankarna och i sinnet. Det sista jag hade förväntat mig var att få träffa Ryton igen. Inte heller att han skulle ha familj. Att träffa några människor överhuvudtaget har inte ingått i min plan. Jag behöver tänka om och jag behöver vila. Ryton erbjuder sig att följa med mig till en sovhytt. Vi går dit under tystnad. Jag känner hur blodet rusar runt våldsamt genom mitt hjärta varje ensam sekund med honom. Han visar in mig till ett litet rum med tre bäddar på golvet och förklarar att jag får dela barnens rum. Jag förmår mig inte fråga om barnen men han som känner mig bättre än någon annan på denna jord utläser min undran.

– Flickan, Ly, är min och Hevins, medan pojken hittade vi under en jakt, säger han med belåten röst.

Han förklarar vidare att Leon var ungefär i Lys ålder när de hittade honom, och att de är den enda familj han känner till. Den glädje som han hade skänkt dem motiverade till ytterligare ett barn och då tillbringade de Ly till världen. Försöker han rättfärdiga vad han har gjort?

– Hon är född ur kärlek, tillägger han. I den nya världen har Ly bättre förutsättningar än vi hade.

Jag nickar och väljer att inte kommentera det han hade sagt. Stämningen blir konstig. Jag borde kanske ändå säga något. Jag berättar artigt att de är söta barn och kryper in i hytten. Hans ögon betraktar mig några sekunder och läpparna särar på sig som för att säga något. Men han sväljer tillbaka orden och går sin väg utan att uttrycka något.

När Ryton har försvunnit bort ur min åsyn drar jag för tygskynket som fungerar som en dörr till rummets öppning. Jag lägger mig på rygg i en av bäddarna och tittar upp i taket. Tårarna trotsar min vilja och silar ner från mina ögon. Det kittlas när jag får dem i öronen, men jag skrattar inte. Jag har så många frågor till Ryton men jag ställer inga. Jag har så mycket att berätta för honom men väljer att vara tyst. Jag är så glad men ligger här och gråter ändå. Vad har hänt med mig? Jag har kanske varit ensam så länge att jag glömt hur man interagerar med andra människor. Men var det inte därför jag övergav byn, för att vara ensam?

Tankarna gör mig tokig. Jag måste skingra dem. Monas dagbok har en sista anteckning som jag inte har läst ännu. Jag har inte velat göra det eftersom tanken har skrämt mig. Vetskapen att vara tvungen att ta farväl av henne när jag läser de sista sidorna i hennes dagbok har fått mig att skjuta upp läsningen. Idag däremot är en bra dag att gå vidare. Jag gräver fram den från min ryggsäck, slår upp hennes sista anteckning och börjar läsa.

Adjöanteckningen

Jag ska bli vuxen imorgon. Hurra för mig! Eller? Ingen verkar bry sig mindre om min stora dag. Vad innebär det egentligen i denna sönderslitna värld att fylla år? Jag är inte ens säker på att jag har gjort rätt tidskalkyler. Med förändrad rotationshastighet är dagarna, timmarna och minuterna inte lika långa på vår jord idag som för fjorton månader sedan. Ett dygn har idag ungefär trettioett timmar. Att räkna månader och dagar blir följaktligen väldigt komplicerat. Därför är jag inte pålitlig när jag påstår att vi har levt i skräck i fjorton månader.

Varje dag kommer vi närmre ett slut. Varje dag bär med sig fler tragedier och jag hade inte ens i mina värsta mardrömmar föreställt mig en artonårsdag i ett skyddsrum under marken där de enda tända ljusen inte lyser för min skull. Jag hade inte föreställt mig ett firande utan mina systrar. En efter en försvann de spårlöst. Mina föräldrar lade inte ner någon anmärkningsvärd kraft på att leta efter dem. Kraften lades istället på oss som fanns kvar. Vi skulle komma undan helskinnade. Det gjorde vi inte. Familjens storlek krympte tillsammans med den saktande tiden och till slut fanns ingen familj kvar. Det som återstår är jag med en bunt minnen och denna dagbok från barndomshemmet.

Min äldsta syster kom aldrig hem efter en kväll i affärerna. Hennes försvinnande hade föregåtts av en brutal jordbävning. Dagen därpå fanns inte heller något hem att komma tillbaka till. Vårt hus, där jag är uppvuxen, rasade ner när marken under våra fötter underminerades. Med nöd och näppe tog vi oss ut och gjorde en av våra grannar sällskap i deras Range Rover för att köra till närmaste bovänliga stad. Det blev natt och det blev dag och vi körde fortfarande. Mina föräldrar bråkade. Jag grät. Lillasystern blev hungrig. Grannparet körde nästan av vägen, och vi körde fortfarande framåt. Molnen upphörde inte med sitt generösa ösregn. När man trodde att det inte var möjligt att det skulle falla ner större regndroppar, gjorde de just det. De slog ner mot bilrutorna med enorm kraft. Vi tankade bilen och fortsatte att köra mot närmaste bovänliga stad som inte verkade existera längre. En översvämmad vägbana tvingade oss, samt några andra medresande bilar, att vända tillbaka några kilometer och istället ta ödsliga småvägar till närmaste bovänliga stad. Men vi körde vidare. Vi körde vidare tills bensintanken holkades ur på nytt. Reservdunkarna gapade innehållslöst i bakluckan. Vi slutade köra. Vi visste att vi aldrig kommer att komma fram till närmaste bovänliga stad. Då var hopplöshetens och splittringens tid kommen.

Grannparet bestämde sig för att fortsätta till fots, medan mina föräldrar fann idén dålig och kom överens om att slå läger på plats i väntan på andra förbipasserande bilar. Lillasystern var av en annan åsikt. Efter många om och men fick mina föräldrar ge efter hennes envishet och låta henne vandra vidare med paret som under resans gång hade visat tillräcklig mognad för att ta hand om en tolvåring. De hade dessutom ingenting emot att hon följde med. Det blev tårar och kramar. Vi utlovade löften som vi visste att jorden aldrig skulle ge oss chansen att förverkliga. Det fanns ändå tröst i dem. Jag har inte träffat henne sedan dess och jag vet inte ens om min syster fortfarande är i livet.

Tron på mänskligheten dröjde sig kvar hos mina föräldrar trots alla svek vi stötte på när vi försökte lifta med andra resande bilar. Två bilar stannade inte alls till när de såg hur vi signalerade hjälplöst och viftade med armarna uppsträckta mot den mörklila himlen. Hungern hade börjat rispa magen och sinnet med sina grova naglar. Det blev dag och det blev kväll igen. En bilist räckte över en flaska bubbelvatten och ett par korvpaket innehållande sex korvar var. Att låta oss åka med var däremot uteslutet. Tyngre bil förbrukar mer bränsle, sa han. Om det stämmer visste jag och vet fortfarande inte. Bilar är en av alla saker som jag aldrig kommer att få uppleva som vuxen. Den kvällen fick vi nöja oss med kalla korvar och en regnfri natt. Jag kunde ändå inte sova. Jag såg hur rynkorna i min pappas ansikte hade under loppet av några dagar blivit tydligare. Han satt med krokig rygg framför elden vi hade tänt och försökte hålla den levande. Han var mager och hade svarta ringar under ögonen. Hela hans väsen påminde om ett övergivet och skrämt djur som har blivit lämnat ensam i det vilda. Jag mådde illa när jag tänkte på det, men det var ingen tanke jag önskade dela med mig.

När solen gick upp dagen efter sken det något mer. En silverfärgad bil av typen sedan. En kvinna och en man i medelåldern klev ur bilen och frågade om vi behövde något. I bilens baksäte kunde jag urskilja två unga pojkar som var upptagna med sin lek. De höll i små plastfigurer som jag antog var legosoldater och låtsades skjuta på varandra. Jag gissade att de var mellan åtta och tio år gamla. Senare visade det sig att min gissning var rätt. Den äldsta av dem var tio och den yngsta åtta. Jag vet det nämligen eftersom jag fick åka vidare med denna vänliga familj. Min mor hade gått ner på knäna och bett främlingarna att ta oss, döttrarna, med sig. Maten skulle inte räcka till, sa medelåldersmannen. De har redan två barn att se efter, sa kvinnan. Min mamma bad från en mor till en annan. Endast av pliktkänsla bjöd de in mig och min syster att ansluta till deras familj. Min syster, den sista jag hade kvar, ville inte ge sig av. Hennes kärlek till våra föräldrar och rädslan för vad som dolde sig längre fram på vägen hindrade henne från att stiga på bilen. Jag däremot åkte med. Det blev fler kramar, tårar och falska löften.

Är jag självisk som valde livet framför familjen? Skickade mina föräldrar iväg mig av kärlek, eller gjorde de det för att känna sig nöjda över sig själva? Jag kommer aldrig få uppleva en mors kärlek till sitt barn. Inte heller en kvinnas kärlek till sin själsfrände kommer jag att erfara. Det är mycket jag går miste om varje dag jag är i detta källarutrymme. Någon bredvid mig hostar. Det besvaras av en längre hostattack längre bort i rummet. Jag har själv börjat hosta men det är ingenting vi pratar om. Vi talar inte högt om att en ond åkomma har satt sina klor i allas lungor. Att vi saknar mediciner och redskap att bromsa smittan är inga populära diskussionsämnen. Vi pratar överhuvudtaget för lite i gruppen. Det skrivna ordet har därför blivit min tröst i denna värld av stillhet.

Det är upp till mig att bryta ostördheten. Ett artonårsfirande utan framtidvisioner är inte att kalla ett firande. Om framtiden finns utanför dessa väggar ska jag ta mig ut till den. Jag tänker inte sitta kvar och vänta på min död. Ska jag dö idag ska jag göra det på mina egna villkor. Inte genom att hosta sönder mina lungor. Beskedet att jag tänker ge mig ut tas inte emot med någon påtaglig entusiasm av gruppens övriga medlemmar. Ingen överreagerar heller eller försöker hejda mig. Mina gympadojor som jag hade lagt åt sidan vid min sovplats tar jag på mina svettfuktiga fötter. Jag har fått fotsvamp som ser lustig ut mellan tårna. Jag bryr mig inte. Mitt i rummet står jag och betraktar ansiktena runt mig. Trötta och nästintill livlösa ögon som stirrar stint rakt in i fördärvet är det enda jag ser. Jag vägrar att förvandlas till en människoskugga och långsamt tyna bort.

Över markytan är det dagljust och otroligt varmt. Det är kvavt i rummet jag kommer upp till och jag börjar hosta när utomhusluften når mina andningsorgan. Jag förstår att jag inte kommer att leva speciellt länge här ute. Mot den ena väggen i rummet ser jag en ekfärgad bokhylla som når nästan ända upp till taket. Jag får en idé och styr mina steg mot den. Mellan mig och bokhyllan ligger ett trasigt soffbord och glaskross på golvet. Det ser ut som rester av det som har varit stearinljushållare. Jag undviker att trampa på glasskärvorna. I rummet finns även en lilafärgad soffa med svarta ränder och en tv-apparat. En slocknad glödlampa hänger ensamt i takarmaturen. Allting har fått ett grått täcke av damm.

Jag tänker avsluta mina anteckningar här och placera dagboken bland de andra böckerna som skänker bokhyllan dess storhet. Någon i framtiden kommer kanske att läsa mina ord och undra vem jag varit och hur det har gått för mig. Någon kommer kanske att bry sig om mig. Det förutsätter självklart att det finns en framtid vilket jag tvivlar starkt på. Men vad vet jag?!

Mona 17 april 2036

21

Jag kan inte stanna här med Ryton och hans familj eller vad han kallar dem.

En häst uppenbarar sig på den avlånga gatan där jag och Ryton går jämsides. Han försöker övertala mig att stanna. Han talar om att här finns ett liv annorlunda från det vi kände till i vår gamla by. När jag kritiserar hans beslut att tillbringa denna statiska värld nya liv förklarar han att han inte uppfostrar sina barn efter den gamla ordningen. Jag är inte övertygad och jag minns ett löfte vi har gett varandra för många dunkeltider sedan. Vi skulle aldrig skaffa barn. Vi skulle inte vara så grymma mot kosmos genom att bromsa människosläktets förintelse och förlänga livskedjan med fler länkar. Ryton kontrar med att vi var unga, rädda och osjälvständiga. Det är andra tider nu och han har fått ny förståelse för hur saker och ting fungerar. När jag frågar vad han menar med att det är nya tider svarar han genom att sträcka upp handen i luften och ber mig göra detsamma. Jag vägrar. Han drar ner armen besviket och talar om att det har börjat blåsa igen. Jag har lagt märke till det. Han frågar om jag vet vad det innebär. Trots att jag inte vill veta berättar han ändå att det är ett tecken på att jorden har börjar rotera fortare. Ryton ser hoppet om mänskligheten och allt annat liv på vår planet. Han tror att jorden är på god väg att återgå till sin ursprungliga rotationshastighet. Andra tecken som han har kartlagt är att ljustiderna respektive dunkeltiderna har blivit kortare och fler. Jag intalar mig att han inbillar sig.

– Förstår du vad det innebär? frågar han med stor iver.

Jag anstränger mig inte för att lista ut innebörden av den enligt Ryton positiva utvecklingen.

– Livet kommer att blomma upp igen!

Jag vill inte prata om det. Vi har oavslutade konflikter som jag föredrar att prata om. Som till exempel den dagen jag skulle resa bort ifrån byn. Jag minns än idag hur han kallt hade sagt att vi inte är vänner längre. Att han utan vidare eftertanke kunde bryta våra vänskapsband smärtar djupt. Om jag begick mitt livs misstag när jag lämnade byn, varför har han också gjort det?

– För din skull Lida! svarar han övertygande. Jag skulle leta upp dig. Jag skulle be om ursäkt och vi skulle fortsätta resan tillsammans. Men det var försent. Du hade röjt undan dina spår ordentligt. Du har alltid varit en utmärkt jägare. Du har alltid varit bra på allt!

Jag känner mig smickrad. Hästen kommer närmre oss. Den gör mig nervös med sin notabilitet. Jag har sett hästar i bild men aldrig i verkligheten.

– Sedan träffade jag karlarna, fortsätter Ryton och nickar in mot huset där hans övriga grupp fortfarande sover.

– Och Hevin. Hon har tillbringat mitt liv glädje, säger han.

Jag mår illa. Jag kan inte sätta fingret på om det är svartsjuka eller avundsjuka. Vår vänskapsrelation handlade aldrig om kärlek. Av någon anledning blir jag ändå upprörd av att se honom tillsammans med Hevin.

– Vi har funnit varandra och lever livet som det kommer. Gör det oss till så hemska människor? frågar han ledsamt.

Jag är kanske arg för att han har fått det jag har misslyckats med. Å andra sidan har jag aldrig ens försökt få det. Jag trivs bäst ensam och det berättar jag för honom.

Innan jag ger mig iväg erbjuder Ryton mig att ta med hans häst. Hon är en bra kamrat menar han. Hon är svart och nu står hon precis intill oss. Hon gungar lätt med huvudet, som är förvånansvärt stort, när Ryton stryker henne över nacken. Hennes hår längst nacken svajar fram och tillbaka i takt med hennes eleganta rörelser. Hon verkar otroligt säker i sin karaktär. Trygg i vårt sällskap. Skimrar i dagsljuset.

Jag tackar nej till Rytons generösa erbjudande.

– Jag skulle bara äta upp den när jag blir hungrig, skojar jag.

Ryton skrattar. Han är inte så hemsk trots allt. Han är bara mänsklig. Jag däremot, jag är en varg. En ensamvarg.

Mina kylväskor och barn

Hon tittar misstänksamt på mig. De tunna blonda ögonbrynen som lyser upp butiksbiträdets ansikte höjer sig en aning. Ansträngt försöker hon att inte se alldeles för frågande ut. Sakta lägger hon en skimrande blond hårlock bakom örat och hennes perfekt målade fransar blinkar ett par snabba blinkningar. Det gör hon när hon är nervös eller befinner sig i en förvirrande situation. Jag lade märke till det några veckor tidigare när jag var här för att inhandla soppåsar och försökte flörta med henne. Det låter bättre om jag säger att jag gav henne komplimanger. Hon blev inte så förtjust i mig då. Att ge en främling en komplimang om fina läppar var kanske inte världens smartaste drag om man vill närma sig någon. Jag hade hur som helst varken ljugit eller överdrivit hennes tilldragande charm. I henne kunde jag se en ljus framtid, och här är jag idag för att påbörja denna. Som tur är kommer hon inte ihåg mig. Jag antar att hon får mycket smicker på sitt jobb och därför glömmer hon snabbt bort alla ansiktena bakom.

Det mest intressanta för henne idag är förmodligen varför jag behöver tjugo kylväskor med mig hem. Ärligt talat skulle även jag blivit nyfiken om någon hade köpt så många kylväskor från mig om jag hade haft hennes jobb. Det är dessutom vinter och inte säsong att efterfråga dem. Inte i den stora mängden. Men en man behöver vad en man behöver. Jag har inte heller tid att smida sluga planer och inhandla det jag behöver från flera utspridda butiker. Snart börjar det stinka ruttet hemma hos mig och det sista jag behöver är nyfikna grannar.

Vänligt och med ett nästintill osynligt leende på läpparna ber hon mig följa efter henne. Vi går genom smala gångar med varor på båda sidorna för att komma fram till de efterfrågade boxarna. Jag betraktar hennes gång. De höga och tunga platåklackarna hinner knappt nå golvet förrän hon lyfter upp foten igen. Hon går med så lätta steg att man skulle kunna tro att hon är rädd om det som finns under hennes fötter. De mörkblåa och åtsittande jeansen förlänger hennes eleganta ben. Hennes arbetströja som är en svart pikétröja med butikens logga på sitter som en smäck. Det är sällan arbetskläderna ser förtjusande ut på de anställda men hon har lyckats bära upp tröjan med finess. Tröjans tre översta knappar under kragen är uppknäppta. När jag stod mittemot henne vid ingången tidigare kunde jag med hjälp av solens ljus urskilja springan mellan hennes rundformade bröst. Hon vet att hon har det som krävs för att få en karl ur gängorna och hon döljer inte sin skönhet.

När vi är framme vid den eftersökta hyllan vänder hon sig mot mig och berättar att det finns just tjugo kylväskor kvar. Hon säger att jag har turen på min sida idag. Jag håller mig. kylväskorna är rödfärgade och av den mjuka modellen. Jag blir besviken då jag är på jakt efter den hårda varianten. Jag hade föreställt mig blåa boxar av hård plast. Mitt fel. Jag borde ha varit tydligare. Jag bestämmer mig för att ta de mjuka väskorna för att inte förlora chansen jag har med henne. Jag talar om att dessa blir utmärkta för mitt ändamål. Hennes tankar kring mitt ändamål hörs nästan i hela lokalen, men det är säkerligen endast jag med min avancerade hörsel som kan höra dem.

Eftersom hon har varit så hjälpsam hittills känner jag för att ge henne en förklaring. Inte den egentliga förklaringen men ändå något som kan stilla hennes ovisshet. Jag berättar att jag och min fru som jag har varit gift med i fem år äntligen har lyckats få ett barn. Det var en mödosam process att försöka bli gravid. Att dessutom behålla barnet i magen i hela nio månader, vilket krävs för ett friskt barn har varit en omöjlig uppgift. Jag lever mig in i berättelsen så gott det går. Det lyckas jag med. Jag är känd för min manipulationsförmåga av en anledning. När jag har fått med expediten på spåren kommer jag till en ljus vändning i berättelsen. Människor gillar oväntade vändpunkter. Jag fortsätter med att vi har lyckats få ett barn till slut, och vi är enormt tacksamma för den söta flickan vi har skänkts. Hon är vår egen mirakel.

Den unga kvinnan låter sig yttra ett medkännande läte. Hon ler brett den här gången. Något blinkar i hennes mun och jag ser att det är en tungpiercing. Det är en tuff tjej den här tjejen, och ändå låter hon sig bli tagen av några få ord och ett, enligt min beskrivning, gulligt barn. Jag lär mig fortfarande. Undrar hur det skulle kännas att kyssa henne. Att få känna hennes tunga i min mun och få smaka på hennes fylliga läppar som hon idag har målat med ett vinrött matt läppstift. Skulle det smaka metalliskt? Jag föreställer mig hennes andetag mot min nacke. De är varma och kittlar mjukt. Hon skulle dofta minttuggummi och hennes bleka hud skulle kännas så len under mina sträva fingertoppar. Hon skulle gilla min beröring och be efter mer. Jag återväcks åter till verkligheten av en annan kunds nasala röst.

Jag fortsätter att berätta om min lilla flicka. Trots att hon inte dog i mammans mage som de andra fostren riskerar hon ändå att mista livet. Hon är född med en sjukdom som jag väljer att inte nämna namnet på. Det är en väldigt sällsynt sjukdom som endast drabbar en bråkdel av jordens befolkning, och lotten föll på vår familj. Hur som helst gör sjukdomen att mitt barn ständigt har hög kroppstemperatur och de febernedsättande medicinerna som hon har fått besegrar inte febern. Vi har fått höra att barn mellan tre till sex månader som får en temperaturökning upp till trettionio grader alltid ska uppsöka akutvård. Vår dotters läkare har nu fastställt att trettionio grader är flickebarnets normala kroppstemperatur. Av den anledningen måste vi alltid hålla henne nedkyld. Vi följer sjukvårdspersonalens rekommendationer noga. Vi gör allt i vår makt för att undvika att se vårt barn få fler feberkramper. Jag ser på expeditens ansikte att hon inte är bekant med feberkramper och jag förklarar vad det innebär. När vår stackars snäckan får ett krampanfall blir hon totalt stel i lederna, blå i färgen och får oavbrutna ryckningar i armar och ben under några minuter. Det skär i en förälders hjärta att vara så hjälplös i sådana situationer. Jag avslutar snyggt och tittar ner på mina fötter för att se modfälld ut.

Leendet förvinner i en plågad min. Butiksbiträdet stryker mig tröstande på axeln och beklagar. Hon ber även om förlåtelse ifall hon betett sig förolämpande när jag frågat henne om kylväskorna. Det gjorde mig inget, och det säger jag till henne. Det som jag däremot inte säger är att jag är glad att hon har rört vid mig samt hur behagligt det kändes. Jag har lyckats skapa positiv inledande kontakt med henne. Den tjejen, vad hon än heter, ska jag inte ge upp hoppet om. Jag vet var hon befinner sig om dagarna och jag har fångat henne i mitt kolossala kontaktnät.

Men nu måste jag åka hem och göra det som måste göras. Jag tackar henne både för hjälpen och för omtänksamheten. Därefter lastar jag mina boxar på en kundvagn går stolt mot kassorna. Besvikelsen jag hade känt tidigare är som bortblåst. Jag är nöjd med dessa röda vikbara kylväskor som likväl uppfyller sitt syfte. Tjejen konverserar nu med en annan kund som ser ut att behöva hjälpa med något. Jag anar att hans avsikter med butiksbesöket och samtalet med min tjej skiljer sig markant ifrån mina. Vid utgången finns två betaldiskar varar en är öppen. Bakom disken sitter en äldre man som har fått syn på mig. Få kunder befinner sig i butiken och jag blir den enda betalande kunden för tillfället. Ingen kö är precis vad jag har önskat mig. Jag har lätt att få mina önskemål igenom önskebarriären som slumpar önskningarna för att alla ska ha en chans att få någon längtan förverkligad. Mannen bakom bänken är totalt ointressant för mig. Jag behöver varken vara vänlig eller småprata strunt med honom. Jag betalar det jag ska i tystnad och går sedan med en ignorant attityd när han önskar mig en trevlig fortsättning på dagen. När jag har försäkrat mig om att jag har alla väskorna nedpackade i mina kassar går jag ut med dem i kundvagnen till min bil och lastar av dagens inköp i bagageluckan. Jag är en helt vanlig man som har sått ett frö i ett butiksbiträdes hjärta. Eller ska jag säga i hennes mage? Ja, det gör jag.

Hemma doftar det inte välkomnande och ser inte heller som det. Tjugo små vita lakan ligger på vardagsrummets golv. Under var och ett av dem finns en del av mig inlindad omsorgsfullt. Delarna är dessvärre livslösa kroppar. Jag lyfter försiktigt upp den första filten och möts av ett blått smalt ansikte. Ögonen är slutna och huden känns iskall när jag smeker den. Historien om mitt sjuka barn som jag berättade för biträdet tidigare var inte fullständigt påhittad. Jag är visst en far, dock till tjugo döda barn istället för en enda dotter. Barnen har alla olika mammor och ingen fru existerar i mitt liv. Mina avkomlingar avlider på grund av för hög feber strax efter födseln. Dessa små eldfulla liv är inte anpassade efter människokroppar.

Tårarna trotsar min vilja och lämnar smärtsamt spår på mina kinder. Jag måste vara stark. Jag måste klara av det här. Tjugo döda kroppar att packa ner i kylväskor för att sedan köras ut och begravas i skogen där det är mörkt och ensligt. Jag, ondskan själv klarar inte av att begrava mina egna barn utan att gråta. Gud skulle ha skrattat högt om Han hade sett mig nu. Gud skulle ha sagt att det inte är meningen att självaste Djävulen ska få barn. Gud är hänsynslös!

22

Ett steg. Två steg. Tveksamma steg. Smärtsamma steg. Små steg. Ännu mindre steg. Nästan omärkbara. Ett efter ett går jag i all oändlighet. Kämpar mer. Nästan framme. Kommer aldrig fram. Finns inget slutmål.

Jag är lycklig över mitt beslut att fortsätta vandra ensam. Är jorden på väg att återgå till sin ursprungliga hastighet, vill jag möta den nya världen som den ensamvarg jag blivit.

Sista berättelsen om henne

Lyckan existerar inte. Det är något som människan har hittat på för att ha något att sträva efter. För att orka kämpa genom den långa vägen i hoppet om att få belöning genom att kämpa tillräckligt hårt. Lyckan har man konstruerat för att orka leva och för att man vet att man kan bli lycklig i framtiden, om man lever tillräckligt länge för att hitta lyckan. Men om den nu finns varför ska den vara undangömd? Varför ska man behöva leta för att hitta den? Det är så mycket bättre och mer rättvist om alla fick ta del av det goda. Alla orkar inte hela vägen. Det finns de som snubblar precis vid mållinjen. De som ger upp redan innan de startat loppet och andra tror inte, så de går vägen bara för gåendets skull! Det finns också den lilla flickan som jag känner.

Har du någonsin pratat med en person som burit på enormt mycket genom livet? Har du någonsin blivit chockad över att en viss person lever än idag? Har du sedan undrat hur den personen dessutom klarar av att stå upp på egna ben framför dig med ett leende på läpparna? Tja, jag känner en sådan person. Här kommer dennes berättelse, så ta ett djupt andetag och stäng av mobilen. Du vill inte bli avbruten. Det kan bli lite barnförbjudet också så det är för deras bästa om du ser till att de har gått och lagt sig. Om du inte vill ha en sömnlös natt, är det nog smart att överväga att sluta läsa här!

Hon var ett litet friskt barn. Precis vad alla föräldrar önskar sig när de väntar barn, dock inte vad hennes önskade. Hon hade fötts med fel kön. Nej, hon var inte dubbelkönad eller hade en hormonell avvikelse. Enda problemet var att hon var... just en *hon*. Efter en dotter hade föräldrarna önskat sig en pojke men så blev inte fallet. Då kan du tänka dig vilken besvikelse hon varit från den stunden hon blev till. Känslan av att aldrig duga åt dem skulle förfölja henne resten av livet som hon tog sig igenom med förhoppningen om att en vacker dag lyckas bli någon annan än den hon har varit och den hon är.

Hennes syster var vacker, smart, skötsam, älskad, social, synlig för föräldrarna och alla andra. Med andra ord var systern allt som flickan inte kunde vara. Hon stod istället för allt lågt värderat i familjen, bland annat som tjockisen. Det blev hon kallad av sin syster, mamma och bror. Ja, till slut fick de överlyckliga föräldrarna en pojke som förgyllde deras liv och stal all deras uppmärksamhet som hon också borde ha fått ta del av. Oddsen var på hans sida delvis för att han var yngst i familjen men framförallt eftersom han var, och fortfarande är, en pojke. Flickan medger att brodern har under uppväxten varit förknippad med känslor som svartsjuka och ilska. Hatet har dock aldrig varit en del av relationsbilden till sin bror. Hon insåg redan vid ung ålder att moderns och faderns bristande föräldraskap inte var något att klandra sin bror för. Han hade när allting kommer omkring aldrig gjort något fel. Han har bara gjort rätt.

Till skillnad från storasystern, mamman och andra flickor i den närmaste släktkretsen hade flickan som barn lockigt hår som var svårt att hantera. Nästan varje gång hennes mamma kammade håret inför t.ex. skolan slutade det med tårar, antingen på grund av att det gjorde fruktansvärt ont i hårbotten eller för att hon blev missnöjd med den sneda flätan. Då fick hon utskällning och stryk eftersom det var hennes fel att håret inte blev perfekt. Det var flickan som inte satt stilla och det var flickan som hade fult hår som krävde mycket tid som mamman inte hade. Mor hade viktigare sysslor för sig. Saker som att städa, diska, tvätta och laga mat för att göra det bekvämt för familjens huvudförsörjare när han kom hem från jobbet. Något som han aldrig uppskattade och aldrig skulle göra i framtiden. Trots att tankarna har förändrats idag och hon vet att det inte varit hennes fel, är känslorna desamma. Självkänslodräkten som skräddarsyddes åt henne i barndomen är svår att ta av. Dräkten är långt ifrån tilltalande. Den är grå, trasig i sömmarna och är inte anpassad efter hennes figur. Hon skulle aldrig självmant ta på sig ett sådant klädesplagg men det yttre tvånget har varit stort. När hon idag tittar på bilderna från förr ser hon att hon inte varit den feta ungen hon påstods vara, utan ett helt normalt barn. Några familjefotografier visar till och med något som kan vara äkta glädje. Av någon anledning som hon inte kan sätta fingrarna på kan hon ändå inte älska sig själv.

Systern var även trevlig och slogs inte med andra barn i skolan, medan flickan var inblandad i slagsmål nästan varje dag. Oftast var det bara för busets skull. Hon skulle minsann visa vad hon gick för. Att vara hennes fiende var inget de andra barnen ville vara. Det gav henne maktkänslor och hon fick bekräftelse om att hon betydde något, i skolan i alla fall. Det är en av många saker som hon ångrar idag. Som den gången när hon gick i fjärde klass och spred rykten om en klasskamrat som försatte denna i total isolering ifrån de andra klasskamraterna. Flickan tyckte inte om en annan flicka i klassen och därför yttrade hon anklagelser om smittsam sjukdom mot henne. Självfallet kom anklagelserna från tomma luften men de fick ändå genomslag och önskad effekt. Ingen ville umgås med kamraten längre. Hon fick sitta själv vid skolbänken och vara ensam på rasterna. Hon hade dock ett vapen att använda mot vår flicka.

En regnig eftermiddag väntade en vresig mor på flickan. Hon hade trevande i regnet tagit sig hem efter skolan. Hon var varken glad eller ledsen. Som regel var hon neutral i känslorna. Neutral i den bemärkelsen att inga känslor existerade inom henne. När hon inte var neutral var hon istället vredgad eller besviken. Med sina leriga gummikängor hade hon klampat in genom halldörren och hunnit lägga ifrån sig ryggsäcken på golvet när hon kände en varm hand träffa hennes redan röda vänsterkind. En brännande värme spred sig i hennes ansikte och en pulserande huvudvärk gjorde sig tillkänna. Därefter drog en hand flickan hårt i örat så att hon gav ifrån sig ett skrik. Mammans andra hand placerade hon framför flickans ansikte i en beredvillig gest att smälla till en andra gång. Med en auktoritär röst befaller mamman sin dotter att ta tillbaka anklagelserna mot sin klasskamrat. Det lovade hon att göra när hon förstod att kamratens mamma hade tagit upp ämnet med sin egen mor. Föräldramakten fick slut på hennes påhitt i skolan den här gången. Att trycka ner andra för att framhäva sig själv tillhör inte flickans vardag längre, tvärtom trycker hon ner sig själv och i vissa situationer önskar hon att hon kunde krympa och vissna bort ifrån hela universum så att ingen skulle kunna se henne mer. Syns man så finns man, och finns man så måste man leva. Livet skrämmer henne mest, medan det är döden som skrämmer de flesta andra i hennes omgivning.

***

Flickan har vuxit upp till en person som hon inte velat bli. En av anledningarna är den där gången när hon var tolv och när hennes familj skulle flytta till ett nytt hus. Den nya bostaden var så fin och hon skulle få ett eget rum med balkong, något som hon aldrig haft innan. Flyttdagen var långt om länge här och nästan alla familjens tillhörigheter låg i flyttkartonger lite överallt i huset. Möblerna placerades hur som helst i de skilda rummen. Det var en dammig och kvav sommardag men det förhindrade henne inte från att springa upp och ner för trapporna för att hjälpa till med flyttlådorna samt väskorna. Hon var uppspelt eftersom det skulle bli en ny början för henne. En ny skola och nya vänner så att hon kunde lämna mobbing och maktspel bakom sig. För ärligt talat tyckte hon inte att det var särskilt roligt längre vid den här åldern.

129

Men som man brukar säga kan allting vändas upp och ner på ett ögonblick.

När hon skulle lämna ett par väskor i ett av rummen, som skulle tillhöra systern, på andra våningen hände det som kom att påverka resten av hennes liv. Barnens morbror skulle hjälpa till med att flytta möbler i hans bil och då fick han för sig att hjälpa flickan också. Hon böjde sig ner för att sätta ner en väska på golvet när hon kände att någon stod bakom henne. Det var han. Det visste hon och det var inget konstigt med det. Hon rätade på sig med ett leende och skulle vända sig mot honom. Det hann hon inte göra. Två grova armar slogs runt henne och höll ner hennes armar. Det var en kram. Det var inget konstigt med det. Kramen tog en längre stund än hon hade räknat med och hon började bli besvärad när hon inte kunde få loss sina armar. Hans varma händer smög då sig på hennes mage under den vita t-shirten, och sedan rörde de sig långsamt upp mot hennes bröst. Vad betyder det? Ingen hade rört vid henne på det sättet förut. Samtidigt som han hänsynslöst berörde henne med fingrarna på brösten andades han häftigt mot hennes nacke. Nu förstod hon. Hon ville springa ner till mamma och tala om vilket hemskt monster som befann sig på ovanvåningen. En röst i hennes huvud hejdade henne. Samma röst som skulle sätta stopp för alla hennes försök att öppna sig för någon i framtiden.

Varför hände samma sak något år senare igen? Och igen? Hade hon inte varit en tjej hade det aldrig hänt. Det var hennes vidriga kropp som lockade dem och därför var det hennes fel. Därför kunde hon inte vara fysiskt intim med en kärlekspartner och därför har hon inte varit det än. Hon skulle känna sig kränkt och smutsig. Hon kan aldrig låta någon, särskilt inte en man, att få röra vid henne på det sättet igen utan att säga emot. Idag är hon stark och är kapabel att försvara sig mot äckliga gubbar som vill skada henne.

På tal om att vara orubblig, hon påstår att hon är det men jag som känner henne väl vet att hon inte är det. Hon går runt svartklädd, massa kedjor och dödskallar, svarta handskar och nitarmband, svart skugga runt ögonen och känslokall i ansiktsuttrycket. När någon frågar varför hon alltid går i svart svarar hon att svart är snyggt och att det dessutom är hennes färg. Med att det är hennes färg menar hon att om hennes liv är svart så finner hon ingen mening i att ha färger i kläderna. Det skulle ändå inte kunna förändra någonting. Den sista delen brukar hon hoppa över eftersom hon inte vill gå in i långa diskussioner med människor som aldrig skulle kunna förstå henne. Inte speciellt starkt att fly undan argument, eller hur?

När hon kommer hem till sin ensamhet sänker hon garden. Då får det svarta och alla metallbitarna åka bort. Alla med undantag av en bit. Den vassaste av alla. Den som ligger där i skåpet, i skrivbordslådan eller kanske i väskan och törstar efter hennes blod. Frestelsen är för stor att hon inte klarar av att kämpa emot. Hon tar det som barn inte får leka med, och trycker det hårt mot sina egna armar för att sedan skapa snygga sår. Inte sådana som läker efter ett par dagar utan sådana som lämnar sina ärr resten av livet. Det njuter hon av. Det gör hon på sina egna villkor och det har hon kontroll över... eller? För att dämpa ångesten som kommer efteråt tar hon några sömntabletter. Hon vill tuppa av och inte behöva känna något förrän hon måste vakna dagen efter då allting börjar om igen. Jag tycker inte att det är särskilt starkt.

Inte så starkt heller att längta efter döden för att hon fruktar livet. Hon är rädd för om hon för bara en bråkdel av en sekund lättar på kontrollen skulle hela hennes värld rasa samman. Hon inser att hennes värld redan ligger på gränsen till ruiner. En värld som hon har byggt upp med ängslan och falska förhoppningar var aldrig ämnad att hålla i fler än några få år, om ens det.

Jag möter den lilla flickans blick varje gång jag tittar i spegeln. En hatisk blick som skyller allt på mig. Jag hade kunnat göra annorlunda men jag fortsätter i hennes fotspår. Den lilla flickan lever inom mig, och inom dig också. Hon finns där för att påminna oss alla om våra svagheter och misstag. Påminner om det förflutna som man aldrig glömmer, hur mycket man än försöker. Hon är mäktig och hon kan lätt utnyttja våra osäkerheter för att kontrollera våra handlingar med sina osynliga snören precis som människan styr en marionettdocka. Jag vet det eftersom jag själv har låtit mig bli hennes offer. I flera år har jag försökt kämpa emot men alla mina försök att ta mig loss har fått mig att dras ner till avgrunden där jag känner hur luften jag behöver för att andas flyr ifrån mig. Ibland måste man nå botten för att kunna ta sig upp igen, sägs det. Min allra sista fråga är; har jag nått botten än eller kommer jag fortsätta att drunkna?

Vi sprang, sjöng ut med glada tjut och lekte bara för lekens skull. Iklädda våra dräkter var vi evinnerliga mästare i vindens harmlösa drag.

133

Hanan Sabah Ryberg är född 1988 och är bosatt i Malmö sedan 2004. Hon är en av författarna bakom *Att slukas av mörker* och har även medverkat med noveller till Kapitel1:s antologier: *Vildsint Gryning* och *Vildsint Skymningslandet*. När hon inte skriver skönlitterära texter ägnas skrivandet åt hennes andra passion: kriminologin.